U0485998

大英图书馆

·侦探小说黄金时代经典作品集·

圣诞彩蛋谜案

THE CHRISTMAS EGG
A SEASONAL MYSTERY

［英］玛丽·凯利　著
李文婕　译

中国青年出版社

序　言

《圣诞彩蛋谜案》(The Christmas Egg)于1958年首次出版，以圣诞节为背景。这本犯罪小说不落窠臼，其作者玛丽·凯利(Mary Kelly)亦是与众不同，她是战后英国犯罪小说界冉冉升起的新星之一，极具天赋，在P.D.詹姆斯(P.D. James)和鲁斯·伦德尔(Ruth Rendell)崭露头角后，她紧接着成为下一位炙手可热的小说家，很快登上事业巅峰，但18年的写作生涯中她只出版了10本书，之后便停止了犯罪小说的创作。她消失得很彻底，从1974年到2017年去世这几十年里没有再现身文坛，且消失的原因也成了一个谜。

这本书是总督察布雷特·南丁格尔(Brett Nightingale)警探系列的第三本，前两本分别为《风寒将至》(A Cold Coming)和《死者之谜》(Dead Man's Riddle)。故事发生在圣诞节来临之际，公爵夫人奥尔加·卡鲁金（Princess Olga Karukhina）的离奇死亡吸引了南丁格尔的目光。这位俄国公爵夫人在十月革命之后出逃，辗转来到英国。在风格上，这部作品另辟蹊径，聚焦小说人物塑造和英国社会风俗描写，并未传承阿加莎·克里斯蒂（Agatha Christie）和多萝西·L.塞耶斯（Dorothy L. Sayers）开创的精巧构思，也未曾追赶约翰·克瑞希（John Creasey）在20世纪50年代掀起的警务程序类小说风潮。

故事灵感来源于一套寄错的书，这套关于俄罗斯的书本应寄给玛丽·诺埃尔·凯利（Marie-Noelle Kelly）审校，但因为姓名相似而寄给了玛丽·凯利，这样的机缘巧合驱使她翻阅了那套书。后来凯利还参加了俄罗斯彩蛋拍卖会。凯利和她的丈夫经常去沙德勒之井剧院（Sadlers Wells）看歌剧，晚上演出结束后会在附近散步，因而她对伊斯林顿区（Islington）了解颇深，并选择这里作为小说故事发生的重要地点之一。

这部作品面世八年之后才得以在美国正式出版。美国著名评论家安东尼·布彻（Anthony Boucher）在《纽约时报》的个人专栏中对这部小说赞不绝口，称南丁格尔作为一个业余男高音，是一个"极其抓人"的形象。而且，这本书"十分引人入胜，标志着一位重要犯罪小说作家的成长迈上了新台阶,作品本身也很讨人喜爱"。美国权威图书评论杂志《柯克斯评论》(Kirkus Reviews)也表达了对这部小说的肯定,认为故事有"很多追逐情节,警务程序方面的内容相对较少",且"轻松易懂、入戏很快,又趣味横生"。

凯利在很多作品中表现出了对音乐的满腔热忱,这部作品也不例外。她十分喜爱唱歌,自己就是一名女中音,对德国民谣了如指掌,且能够凭记忆演唱舒伯特的声乐套曲。南丁格尔的妻子就是一位歌剧演员,小说中有关专业歌手的生活和工作细节取材于考文特花园皇家歌剧院的演员莫妮卡·辛克莱(Monica Sinclair),这位女低音的表演备受托马斯·比彻姆爵士[1](Sir Thomas Beecham)的青睐。有些评论家与凯利一样是歌剧爱好者,相较于心理学色彩浓厚的犯罪小说,他们通常都更偏好经典侦探小说,却能从凯利的作品中获得独特乐趣。其中包括两位评论员,安东尼·布彻和布鲁斯·蒙哥马利(Bruce Montgomery),前者是著名侦探小说家,后者除了作曲家的身份外,还是《星期日泰晤士报》的评论员,以埃德蒙·克里斯平(Edmund Crispin)为笔名。

《圣诞彩蛋谜案》让凯利古灵精怪、聪慧睿智的犯罪

---

[1] 英国指挥家,代表作品有《舞蹈狂想曲》《北国素描》《夏日庭院》等,创办伦敦爱乐管弦乐团,被称为"英国交响乐团之父"。

小说家形象更加深入人心。她从不随波逐流,也不会墨守成规。后来,她秉持一贯不矜不伐的态度,用"青涩之作"来评价自己的三本南丁格尔故事。凯利写了一本没有南丁格尔的小说——《温柔地抱起她》,但没有得到出版商认可,未能出版,而1961年出版的《宠溺谋杀》(*The Spoilt Kill*)与先前大有不同,标志着她在文学事业上的突破。

《宠溺谋杀》发生在英国斯坦福德郡陶器工业区(Staffordshire Potteries)的一个工厂内,这一故事背景与众不同,因此让人印象深刻。故事主角换成了私家侦探赫德利·尼克尔森(Hedley Nicholson),但(举例来说)他与山姆·史培德(Sam Spade)和菲利普·马洛(Philip Marlowe)截然不同,同样,南丁格尔与F.W.克劳夫兹(Freeman Wills Crofts)笔下的法兰奇探长(Inspector French)和纳欧·马什(Ngaio Marsh)笔下的罗德里克·艾霖探长(Inspector Roderick Alleyn)也迥然不同。《宠溺谋杀》一经出版便备受赞誉,赢得了英国推理作家协会(Crime Writers' Association)颁发的"金匕首奖",被评为"年度最佳犯罪小说",当时的颁奖嘉宾为康普顿·麦肯齐爵士(Sir Compton Mackenzie)。凯利的这部作品打败了约翰·勒卡雷(John Le Carre)的《召唤死者》(*Call for the Dead*)(主角为大名鼎鼎的乔治·斯迈利）夺得魁首，成就之高可以想见。很快，她在34岁时当选为英国侦探俱乐部（Detection Club）的会员，之后成为该俱乐部的秘书。

布彻在《圣诞彩蛋谜案》的书评中写道希望南丁格尔能够回归。但他和绝大多数人都没有注意到，凯利在《宠溺谋杀》中十分隐晦地为南丁格尔安排了一个死于车祸的结局。尼克尔森仍活跃在她的下一部小说中，但也很快被作者放弃。这之后，凯利转而将精力集中于独立小说的写作。虽然她的写作风格极其低调，作品从未登上畅销榜，但仍收获了一批忠实粉丝，埃德蒙·克里斯平就是其中一员。他对《正反两面的字迹》一书极为推崇："凯利对人类行为的洞察实际上都聚焦于消费合理性和公交到站频率等琐事上，这种脚踏实地的写法听上去可能很无聊，但其实与她笔下人物温文尔雅、机敏风趣的特质相得益彰。"

然而，凯利也有让人肃然起敬的倔强的一面：在当时，绝大多数作家都会遵守文坛惯例，屈服于资本的力量，但在凯利的写作生涯中，她不屑于此。所以后来出版商和批评家果然开始感到失望，甚至她的粉丝也有些沮丧懊恼。

以 H.R.F. 基廷（H.R.F. Keating）为例，他曾在一篇名为《20世纪犯罪推理小说作家》(*Twentieth Century Crime and Mystery Writers*) 的文章中提到了凯利的作

品:"当代英国最杰出的犯罪小说家之一,非玛丽·凯利莫属。"基廷对凯利不常出书表示遗憾,认为她有时不肯花时间琢磨情节,但也强调"人们在阅读她的作品时能够获得莫大的乐趣,出色的行文吸引着读者往下读。从小说一开头就能体会到玛丽·凯利的观察入微、一针见血和言简意赅,让人不舍得眨眼,生怕错过精彩部分"。

玛丽·特蕾莎·库利坎(Mary Theresa Coolican)于1927年12月28日出生于英国伦敦,曾在修道院学校就读,后毕业于爱丁堡大学。她与丈夫丹尼斯·凯利(Denis Kelly,在此感谢丹尼斯与我分享他们两人温馨感人的回忆)在大学期间相识、结婚。毕业之后,玛丽做过助理护士,还当过教师(丹尼斯也是教师)。她的第一份固定工作是在贝肯纳姆的圣心侍女修道会学校(Convent of the Handmaids of the Sacred Heart of Jesus)担任老师。

她喜欢迈克尔·英尼斯(Michael Innes)和多萝西·L.塞耶斯等作家的侦探小说。经典侦探小说的清晰结构让她着迷。她常常将一战、二战之间"谋杀的黄金时代"比作十四行诗风行的时代。出版商曾以"当代多萝西·L.塞耶斯"为噱头推销她的书,但这个比照其实很离谱,因为她的作品与塞耶斯的作品迥然不同,更别说克里斯蒂的。另外,玛丽对自己作品的情节设置永远谈不上满意。

玛丽才华横溢，前途更是一片光明，但《小巷里的那个女孩》(*That Girl in the Alley*, 1974) 标志着她写作事业到此悄无声息地草草结束。此后，人们只在1976年的一部选集中看到过她的一篇短篇小说。此后，她构思过一部新作品，故事背景设置在布拉格，还去了解了大提琴的生产制作过程。只是她对新作品一直不太满意，所以尽管几年中一直在断断续续地创作，却未能完成这部作品，十分遗憾。

玛丽·凯利也热衷于与其他犯罪小说家的交往。她交友广泛，朋友的性格大相径庭，如帕特里夏·海史密斯 (Patricia Highsmith)、安东尼·伯克莱 (Anthony Berkeley)、威廉·哈格德 (William Haggard)、约瑟芬·贝尔 (Josephine Bell)、约翰·特伦奇 (John Trench)、尤安·艾肯 (Joan Aiken) 和迈克尔·吉尔伯特 (Michael Gilbert) 等都是她的朋友。迈克尔·英尼斯一度想要退出英国侦探俱乐部，经过玛丽的极力劝说，他才打消了那个想法。然而，玛丽年纪不算太大的时候就耳聋了，后来与同事们渐渐失去了联系，侦探小说也渐渐淡出了她的生活。

但她转而发展了其他爱好——装饰和园艺。她和丹尼斯都热心植物学，他们一起将住过的房子翻新，再卖掉，如此多次，终于在巴斯定居。玛丽在七十多岁的时候决定重拾写作,灵感来源于一首名叫《铃儿响叮当》的童谣,故事围绕萨里的一起井中溺亡事件展开,风格滑稽俏皮。但由于病痛,故事并未能完成。

玛丽·凯利是一位独树一帜的犯罪小说家。阅读《圣诞彩蛋谜案》等作品时,读者能清楚地认识到玛丽欣赏勇敢正直的品质,她自己在生活中就是一个这样的人。她的作品中没有密室案件,没有巧妙谜题或情节逆转,也没有个性古怪的破案天才。但正是这种沉静优雅的笔调,让她的传世佳作无愧于犯罪小说经典的名头。

马丁·爱德华兹

英国警衔说明

由于"侦探小说黄金时代"系列小说的故事发生地主要在英国，书中机警睿智的侦探也以英国警察为主，所以在读者阅读本书之前我们先对英国的旧时警衔和称呼做一些简略介绍，以便读者更好地理解小说背景。

英国的旧时警衔主要分为 5 等（从高到低）：

警察总监（Chief Constable）；

警司（Superintendent）/总警司（Chief Superintendent）；

督察（Inspector）/总督察（Chief Inspector）；

警长（Sergeant）；

警员（Constable）。

伦敦以外地区的警署还有以下几种职级（从高到低）：警察局长（Chief Constable）、警察局副局长（Deputy Chief Constable）、助理警察局长（Assistant Chief Constable）。

另外，对于担任刑事调查部门或其他某些特别部门职务的警务人员，一般会在他们的职级之前加有"侦探（Detectives）"前缀，本书中译为"警探"。此类警务人员由于职责性质特殊，所以一般不穿制服，而着便衣执行任务。

在警务人员的升迁或训练等临时过程中，他们的职级还会加有"实习（Trainee）""临时（Temporary）""代理（Acting）"的前缀。

目 录

1 第一部分
   12 月 22 日

71 第二部分
   12 月 23 日

124 第三部分
   圣诞前夜

第一部分

12 月 22 日

公爵夫人奥尔加·卡鲁金躺在坚硬的窄小铁床上，瘦骨嶙峋的身体几乎撑不起盖着的卡其色大衣和毯子。她暗沉灰败的头发散落在看不出颜色的枕头上，一只懒散的冬蝇被她肩头裹着的油腻披肩所吸引，游走于其间。虽然她如今潦倒，但也曾睡过镶嵌着珍珠母贝的雕花床，身下铺的是每日更换的丝绸床单，身上盖的是柔软的羽绒被和白色皮草。高耸的卧室墙壁喷洒着玫瑰香水，终日散发着若有若无的馨香，还镶嵌着韦奇伍德玉石饰板。整张北极熊皮铺在光洁的地板上，远看就像一块水上浮冰。而现在她却躺在这间既是卧室又是客厅的小屋子里。房内阴暗逼仄，卷了边儿的地毯孤零零地躺在地上，四处弥漫着饼干返潮的气味。歪斜的衣柜门依靠报纸叠成的楔子勉强关上。伦敦日头渐渐偏西，穿衣镜中倾斜的窗户中透出逐渐暗淡的天光。

这位曾经的公爵夫人静卧于这片狼藉之中，一动不动。那只苍蝇悄然爬进她的耳朵里窥探，她也不为所动。她毫无知觉，因为她已经死了。

"这样吧，"总督察布雷特·南丁格尔警探说道，"进不去布莱特路，就把车停在伊斯灵顿大道上。先倒到那辆卡车那边。"

司机慢慢倒车，停在伊斯灵顿大道北部，南丁格尔从后座下车。他以前只在白天来过，但在晚上似乎更能体会这条街的沧桑。街道很窄，蜿蜒向前，如条条支流在斜前方汇聚，让人想起早被城市吞没的乡村。路两边高楼林立，一层的小商店都打扮得花枝招展，点缀着布满灰尘的圣诞装饰，这是伦敦独有的特色，只不过是19世纪的伦敦。南丁格尔站在茶色橱窗前，里面摆满了雨伞，玻璃上印着"手杖修理"这几个白色大字。200米外的伊斯灵顿格林公园里除了绿地，还有一家音乐厅。他记得有一家丧葬用品店，橱窗里陈列着棺材和骨灰盒，似乎离这里不远还有一家外观装饰着蓝白珐琅的商店，表明早已去世的店主曾经是"女性专用药代理，1743年君主制诰[①]"。南丁格尔缩着肩膀，冻得身子发颤，呼出的温热气息转了几圈便

[①] 现代各国的专利特许证来源于英国的君主制诰，其英文名称为"letters patent"。历史上，君主制诰原来的用途之一是用于授予发明人发明专利。

没了踪影。他想，如果天气再冷一点儿，应该就能在泰晤士河上滑冰了。

他把手揣进大衣口袋里，抬脚离开，从灯火闪烁的伊斯灵顿大街拐进了一眼就能望到头的布莱特路。左侧是一处被炮弹轰炸过的地方，外面有一圈围栏，右边则是一栋栋低矮的房屋，俨然是一幅19世纪的社会历史风物图。南丁格尔顺着空旷的街道看向路边鲜花装点的方形窗户，里面透出斑斓的光晕。至少周围的邻居都过着自己的小日子，或许有的邻居看见警察来了还会故意忽视。寂静之中充斥着小心谨慎的紧张气氛。

倒数第二栋就是13号，土褐色窗帘中透出丝丝亮光，前门开着。南丁格尔从人行道上走过，迈过门槛，低头避开低矮的门楣。门前台阶上坐着一位警探，看到他来了就立刻起身。南丁格尔向他点头致意后，停下脚步，听到贝多斯警长理智而带着鼻音的声音从左边虚掩着的门里传出来。这时，他脑子里闪过一个念头：贝多斯年轻的时候肯定是一位嘴上不饶人的固执学长。他用两人约定的暗号敲了敲门，片刻之后，贝多斯走了出来。

他边关门边低声说道："刚才没叫你进来是因为楼下的房客米内利夫人情绪不稳定，就是她报的警。"

"没事。"南丁格尔说，"你什么时候来的？"

"七点半。"

"分局长呢?"

"他暂时离开了。三个小伙子闯进了一家烟草店,格林曼酒吧后面发生了一起袭击事件,城市路上又有一起交通事故,现在人手不足。他看我过来,就去处理这些事情了。他说请你谅解,还说你可以随时去办公室找他。"

南丁格尔笑了:"行,上楼吧?"

铺着油毡的楼梯嘎吱作响,南丁格尔小心翼翼地走在上面。

他盯着脚下的路,对贝多斯说:"一接到电话我就直接过来了。83%的反对票,但我已经搞定了。"

"现在没空理他们。"贝多斯说,"讲话精彩吗?"

"怎么说呢,脏话连篇,但也算有点启发。他们打电话的时候他刚讲完。你能提前过来还挺好的——如果他们猜得没错的话……"

南丁格尔突然住嘴,意识到刚刚不假思索地说自己很高兴。他确实很高兴,但并不想直接宣之于口。真正的原因在于,贝多斯足够冷静,玩世不恭,很合他的胃口,要是换其他人来,想想就觉得浑身难受。

"谁在屋里?"他问,"摄像师吗?"

"还有科布和特尔弗。"

南丁格尔推门走进房间。

"天哪!"他喊道,停住脚步。

"金窝银窝不如自己的狗窝。"贝多斯说,"你看……"

"这么暗能看见什么?把灯上的罩布揭开。"

贝多斯一脸认命,把煤气灯玻璃罩上的一块棕色的布揭了下来。

"这下好多了。"南丁格尔说,"但这房子,还是暗点显得不那么糟糕。"

说着他走到床前低头查看,问:"医生来过了吗?"

"分局长来查看过了。"

"死亡时间?"

"大概七到八小时。没有暴力致死痕迹,床铺也没有被翻过。"

"他没有整理过死者遗容吧?哦,我知道了。她走得很安详。但事情太巧了。"

"什么太巧了?"

南丁格尔抬眼与贝多斯对视。贝多斯的眼睛是淡蓝色的,清澈的眼眸中依稀闪烁着睿智而又纯真的光芒。现在这双眼睛正充满了求知欲。

南丁格尔忍着笑:"我听说分局长觉得这是一起偷盗案,是汉普斯特德那帮人干的。就这儿,你跟他们了解过情况了,有线索吗?"

贝多斯回答道:"首先,这只是他的直觉。我听说,他一走进房间,就停下脚步闻了闻,嘴里念着神谕,神神道道的。当时屋子里只有衣柜门是开着的，就像现在这样。房间里一片宁静，除了那具尸体有点格格不入。分局长在屋里搜了一圈，找到了那个。"贝多斯指着屋子中间立着的一个木制大行李箱，"这个箱子本来在床底下，位置用粉笔标记了。你看，顶上的灰尘有两块被擦除了。他立马说'是垂下来的毯子——箱子应该是被抬起来的，以防在地板上留下痕迹，于是顶部灰尘被蹭掉了'。"

南丁格尔弯下腰，仔细检查这个箱子："这箱子太精致了，是吧？明显跟这个房间不搭。能打开吗？"

"可以，但里面是空的，分局长开锁的时候就是空的。"

"天哪，盗窃后又锁上，他是这么判断的吗？"

南丁格尔走到床头的桌子边，上面放着的一张纸，在昏暗的环境中异常显眼，他刚进来就注意到了。纸上放着一把钥匙和一截脏绳子。

贝多斯解释道："那是分局长在她脖子上找到的，米内利夫人说这把钥匙死者生前从不离身。绳子很长，可以直接取下来。"

南丁格尔细细观察，说："绳子最近被解开过，而且应该只解开过一次，新旧绳结的痕迹对比很明显。哦，你继续说。"

"那时候几个手下在安慰米内利夫人，让她喝茶压压惊,分局长急匆匆下楼,问旁边的住户今天有没有看到任何可疑的人在周围游荡。走廊尽头住的老人一直在家,早上大概十点半的时候看到一辆绿色货车停在外面。他觉得那是运天然气的,还发誓看到车厢上贴着北泰晤士天然气局的海报。但这种海报从展销厅里就能偷来。他也没有看到有人进出,这老头真够粗心的。米内利夫人说没人打电话叫天然气工人过来,她自己也没叫。如果楼上有人打电话叫了,她也应该知道。"

"在汉普斯特德的洗衣房还有戈尔德斯格林的电视修理店这样的地方,工人拿着大包小包出现很正常。或许那些人是来修这个的。"南丁格尔指着壁炉里的燃气取暖器说。六个气嘴有三个是用塞子堵上的。

"家政服务。"贝多斯接口道。

"但不管是在汉普斯特德还是戈尔德斯格林,很明显嫌疑人跟那些偷偷摸摸的用人都是串通一气的。那在这儿谁放他们进来的?难不成是他们直接走进来的?但谁告诉……"

"等会儿,你知道她叫什么?"

"卡里金,很奇怪的名字。"

贝多斯皱起了眉头,激动地摇头,纠正他:"卡鲁金。"他的发音很优雅。

南丁格尔有些烦躁,张嘴反驳:"我听别人就是这么念的。自从上了那破俄语课，你就开始天天给人挑刺儿。你怎么不申请调到政治部去？"

"天天给大人物跑前跑后拍马屁吗？那样还不如直接杀了我！"

"行行行，卡鲁金。她是地道的俄国人？在俄国出生？"

"是的。米内利夫人说她是十月革命之后来的英国。对了，米内利夫人没什么问题，分局长也排除了她的嫌疑。她以前当过服务员，1939年加入了英国国籍，那会正是时候。二战的时候在医院工作，待了一段时间。1941年被丈夫抛弃。她这人很简单，是虔诚的天主教徒。我之前一直在跟她了解情况。"

"好，我知道了。"

"米内利夫人房间的壁炉上方挂着一幅弗拉基米尔圣母像，复制品。"贝多斯向南丁格尔递了一个"你懂得"的眼色，"她说那幅画很神。据说有一次空袭的时候，卡鲁金夫人正好碰见她跪在走廊里念《玫瑰经》。但两个人没有交流，米内利夫人也没多想，结果卡鲁金直接拿着那幅画过来，递给她，指着壁炉，有点不容置疑的意思。就这样，那幅画立马挂了上去，一直挂到现在。米内利夫人一直坚信是这幅画的神圣力量保护了这栋房子，让炸弹都落到了马路对面。对了，这画的画框是雕花金框，上面还镶着豌豆大的红宝石和绿宝石。"贝多斯一边解释一边假装见怪不怪。

"嗯?"南丁格尔看上去比他淡定多了,"确定?"

"如果那画框真的只是黄铜和玻璃的话,分局长也看走眼了。他第一个看见,然后就说得让你知道。记得汉普斯特德被洗劫一空的那些极品精美瓷器吗?也是亮闪闪的。"

"记得,德国宁芬堡的是吧。这些艺术品和那些珠宝之间好像有什么联系——假如这个房子里还有别的财物,作案的也是同一伙人。这一居室里的衣柜也没有多少空间放东西,所以一个空行李箱就显得很奇怪了。"

贝多斯从口袋里拿出一个用纸包着的物件,边展开边说:"米内利夫人有一天上楼给卡鲁金送采购的日常用品,后者回赠了她一枚胸针,同样没有多做解释。米内利夫人觉得太过奢华,从来没戴过。但每次往楼上送东西的时候都会戴,因为不想让卡鲁金夫人误会她不珍惜这件礼物。"

他把那个物件儿放在南丁格尔的手掌上。这枚胸针的主体是一颗方形深紫色水晶,边长不到三厘米,切割工艺十分精细,边上点缀着一圈小钻石,底座和别针是黄金打造的。

"东西很不错吧?"贝多斯说。

"你还真是魅力无限啊,不然米内利夫人怎么就让你把胸针拿走了。"

"那是她不知道这值多少钱!说到奢华,她也只能想到伍尔沃斯①了。"

"也不知道画框是金的?"南丁格尔对此表示怀疑。

"唉,你也知道,虽然这些人很久以前在教堂见过圣坛上摆的金盘子,都已经见怪不怪了。但见过是见过,毕竟不懂行。"

南丁格尔的视线从胸针上移开,看向躺在破旧床上的尸体。

"确实是不太相配。"贝多斯随着他的视线看过去,"她基本足不出户,怕被军队抓到。"

"所以一直是米内利夫人帮她买东西?我想可能是因为她已经卧床不起了,或者是身体虚弱不能出门。是因为害怕俄国政府最近的动向?在米内利夫人之前还有别人帮她买东西吗?"

贝多斯想了一下说:"之前是卡鲁金夫人的孙子伊万去,他就睡在屏风后面,就是他用灰狗快运的报纸做楔子来挡衣柜门的。"

"贝多斯!你怎么这么漫不经心的,现在才想起来说。之前还说了那么多废话——哎,也不全是废话。算了,看在你也费了不少功夫的份儿上,继续说吧。"

---

① 英国老牌零售集团,有百年历史,价格亲民。

"他是圣潘克拉斯火车站的一个职员。"贝多斯故作伤心地回答道,"在那工作25年了。"

"年龄?"

"40岁左右。他祖母看起来也是90岁的老人了。总之,分局长很快查了一下,工作方面没有什么异常。时间充足的话能查得更细一点,没准儿能挖出点东西。表面上看,他性格慢腾腾的,不太聪明,但为人正直。今天他上班,工作时间跟往常一样,早九点到下午五点半,中午跟同事去车站食堂吃饭。我们问过的人都没有提到他今天有什么异常,他们要是发现了什么应该会说的。伊万好像没有什么朋友。不过他经常喝酒,这不是他那些同事说的,而是米内利夫人告诉我们的。虽然她因为谦虚没明说,但我觉得她应该一直在养着那祖孙两个,毕竟伊万挣的钱全用来喝酒了。伊万有点害怕自己祖母——米内利夫人也有点怕——但这点敬畏也阻止不了他喝得烂醉如泥。米内利夫人能听到她祖孙吵架,不过听不懂,他们说的俄语,这也是她不炫耀那个胸针的另一个原因。她总觉得伊万有点厌烦自己祖母这种散财的做法,他还想留着钱喝酒呢。"

"那幅画呢?既然那么显眼……"

"伊万从没进过米内利夫人的房间,这一点上他们很讲规矩。从门外也看不到那幅画。"

"好吧。伊万还没来？是不是喝酒去了？"

"我还没说完呢。"贝多斯一脸兴致勃勃，"米内利夫人下班后去买东西，六点半左右到家，大概十分钟之后，她听到有人进来上了楼。她肯定那是伊万，因为除了她和房东太太，只有伊万有大门钥匙。房东太太68岁了，在埃平生活了20年，她的嫌疑应该可以排除吧？话说回来，米内利夫人听到伊万在叫门。重点是，卡鲁金夫人因为太害怕，整天把自己锁在屋子里，除了每次去楼下厨房公用水龙头取水，或者是去公共卫生间上厕所，基本足不出户，而且除非你敲门告诉她你是谁，否则她也不会开门。当时米内利夫人正在生火，听到伊万在楼上走来走去，就想着把买的东西送上去。她没有一到家就去送的原因有两个：第一，她回家那会儿楼上窗户没亮灯，这也是常态，卡鲁金夫人应该在睡觉，所以她也没多想。第二，她想等伊万在的时候去，把买东西的钱要回来。想到这儿，她突然听到伊万冲下楼出去了，以为他是去取忘拿的什么东西。结果大概五分钟之后她离开房间来到厨房，发现卡鲁金屋子的门开着，灯也开着。这不正常，伊万这会儿也不在，而且卡鲁金夫人因为害怕被抓，每天担惊受怕，不会自己把门打开。所以米内利夫人悄悄上楼去确认卡鲁金的情况——接下来的事情你也知道了。她慌忙跑出去打了999。报警电话是六点五十二打进来的，巡警六点五十五到的现场，分局长七点也赶过来了，七点二十给我们两个打的电话。刚开始米内利夫人的情绪很糟糕，因为她叫警察过来的时候，没觉得伊万跑出去可能也是为了叫警察，或者是去找医生。伊万到现在也没回来，她更慌了，可能是被自己的联想吓到了吧。"

"她和伊万之间有什么交集吗？"

"你没见过米内利夫人，我知道每个人看人的眼光不同……"

"眼光什么都说明不了。干咱们这行不能被自己的眼光所左右啊，贝多斯。从火车站到这一个小时怎么也回来了，他可能半路拐去喝酒了。行了，先不管他，你除了跟米内利夫人聊天之外还做了什么？"

"首先，通知各处分局寻找伊万，40岁左右，身高一米七三，很瘦，皮肤白，灰色眼睛，脸泛红，身穿蓝色条纹西装，一直咳嗽，有发展成哮喘的趋势，牙长得也不好……"

"你觉得他对米内利夫人有不满？算了。通知所有分局会不会有点小题大做？不过，万一他真的是畏罪潜逃，确实得赶紧找他。但听上去他当时也吓了一跳。"

"那他为什么到现在都没报警，也没找医生？"

"确实。"

"我还告诉他们不要直接抓他，先跟着，没准儿他能带我们……"

"很好。还有别的吗?"

"特尔弗检查了前门门锁,没有发现蜡或划痕,一切正常。"

"住户都能拿着自己的钥匙去配一把新的给别人,包括米内利夫人。怎么了?"

"那个可能得拿去实验室分析一下。"

贝多斯指着一张靠墙放的桌子。年代久远的绿桌布上放着一块切过的面包,面包皮的顶端黏糊糊的,显然切面包的刀也同时用来蘸糖浆和抹黄油了。旁边放着一张皱皱巴巴的纸,应该是用来放黄油的,边上还有一碟方糖和两杯喝得见底的可可。

"可以让他们检查一下杯子里面有没有安眠药渣。"南丁格尔说,"卡鲁金的杯子肯定得检查。这是哪一餐?"

"米内利夫人说是伊万的早餐。卡鲁金夫人早上只喝可可。"

"说吧,贝多斯,还藏着什么呢?我都看出来你迫不及待了。"

"偶然发现的细节而已。"贝多斯没有再吊他胃口,"别抱太大希望。你看,床边的桌子上有一本关于祷告的书,扉页上,就这儿,有几行用铅笔写的字,我看着像是很久以前写的。"

"俄语？"

"对，上面的那几行应该是赞美诗，反正肯定是跟宗教有关的诗句，句式很整齐。但有意思的是最下面这一行——知道说的什么吗？"

"看不懂。但我可以去找其他听吩咐的聪明人……"

"上面写着：A.K. 马金迪，伦敦菲奇街 28 号。"

南丁格尔沉默了，这几个字在他的心中掀起了惊涛骇浪，回忆统统涌上心头，纷乱一片，分不清何年何月、何时何地。他好像看到一个穿着黄色外套的女孩，戴着金色假发片，坐在商店旁的废墟上，沐浴在午后的阳光下。还看到了一个女人站在商店橱窗前，看着里面丝绒托盘上的耀眼饰物。转过身，黑色的头发盘在脑后，她是他的妻子克里斯蒂娜，这是她嫁给他之前的样子。画面一转，从街对面可以看到那个盘着辫子的金发女孩从同一扇窗户中探身进去，拿起一些精美的饰品。

"马金迪。"他大声说道，"让我看一下。谢了。为什么要用俄语写一个英国的地址？"

"习惯吧。"

"卡鲁金夫人应该是想防着其他不懂俄语的人。乍一看这一行跟赞美诗是一起的，但我们得让分析处的人看一下这两部分是不是同一时间写的。赞美诗这几行的笔迹都透到背面去了，下笔很用力，但最下面这一行没有。不过这也可能是因为纸质不同或别的什么原因。"

"伊万会说俄语。"

"卡鲁金夫人教他认字了吗？如果伊万从革命后就跟着她来了英国，那会儿还很小吧，还是个婴儿。而且，如果她一直深居简出，也不用费大力气来俄国人聚居区。我都没看见房间里有书，那伊万在哪学的认字？"

贝多斯说："米内利夫人也证实了，伊万确实是跟着卡鲁金夫人一起来的英国，这不是她的猜测，而是伊万亲口告诉她的，所以这个没什么可怀疑的。米内利夫人说他们刚到英国就在这定居了，一直到现在都没有换过地方，而且伊万在圣潘克拉斯火车站应聘的时候留的地址就是这里。米内利夫人还说他们也没有什么亲戚朋友。"

"我知道了。得麻烦你去问一下米内利夫人有没有帮卡鲁金夫人寄过信。"南丁格尔费了不少劲儿才把名字念对，"要是寄过，问问她记不记得是寄给谁的。"

贝多斯没说话出去了。南丁格尔把那本书放回桌子上，摘下手套，胳膊撑在壁炉上，无意间碰到了什么，马上把胳膊移开了。他定睛一看，原来是几根散落的火柴、几根鞋带、一些方糖块、几个铜币，还有其他满是灰尘的小物件。南丁格尔一丝不苟地将这个搁板检查了一番，发现了一片黏糊糊的环状痕迹，新的叠着旧的，密密麻麻的，上面还盖着一层灰。闹钟旁边放着一罐剩了一半的炼乳、一包可可粉，还有其他用来冲泡早餐的材料。很显然这些饮料都是用放在壁炉上的杯子冲泡的，壁炉前的双灶煤气灶上就放着烧水壶，这样取用很方便。南丁格尔想这个煤气灶应该是卡鲁金夫人的专用烹饪工具，不然他们就得端着盘子下楼，去米内利夫人的厨房，这段距离对她来说相当于是长途跋涉了。年久失修的盥洗台上放着缺口的搪瓷脸盆和水壶，他们就在这里洗漱。大理石板上的肥皂因为鲜少使用，表面已经干燥起屑。南丁格尔环顾整个房间，看到科布正小心翼翼地从一个转角橱柜中拿出不少纸袋，里面装着各种各样的食物，说明卡鲁金夫人他们确实是在自己屋子里做饭的。他突然想到，警衔高一点儿不无好处，像这种搜查阴暗橱柜和脏污床铺的工作就不必他亲自动手了。但利用职位之便自私一回也是有代价的——体会不到发现确凿线索的成就感。他只需要在旁边监督指导那些调查人员。他们找到的头发、别针、指纹等线索能够决定案件是否能取得突破性进展或是就此陷入僵局。南丁格尔负责将所有的线索串联起来，做出合理推测。他有些不能理解为什么自己当初选择承担下结论这样的重任，稍有不慎就会出错。

贝多斯一脸失望地回来了："米内利夫人说她没有寄过信，也没有收到过任何信件。"

"没事。我现在要去给朗西曼打电话。你是不是还没见过他?"

贝多斯摇摇头:"我入职之前他已经退下去了。听说他对斯拉夫很有研究。"

"没错。他以前是我在国王学院的同学。我想问问他在研究和工作的时候有没有遇到过卡鲁金这个名字。"

"我问过档案处的人了,这也是我职责之内的事情。如果他们祖孙两个没有加入英国国籍,那在二战期间就得上报,分局长去核实这一点了。现在可能没人还记得或者认识他们,想挖出点东西可能得很久。"

"怎么不直接去内政部查呢?问一下卡鲁金祖孙到底有没有加入英国国籍。两边可以一起查登记信息,谁先找到算谁赢,我会去盯着。你得去一趟媒体那边,别让他们来这探头探脑的,直接告诉他们卡鲁金夫人已经死了,只是一起突然死亡,没有什么内情。如果他们想知道死亡原因,就说我们正在调查。要让他们觉得这起案件有疑点,但跟抢劫没关系。哎,你说米内利夫人有没有跟邻居分享过卡鲁金祖孙的生活起居啊?还有那幅画和胸针的事?"

"我一会儿问问她。"

"好,还要问一下她有没有什么亲戚朋友能暂时收留她一段时间。如果没有的话,一定要叮嘱她除了我们两个,不要跟任何人透露任何消息,那幅画也要锁起来,不要让人看到。贝多斯,发挥发挥你的魅力,没准儿在事情尘埃落定之前，米内利夫人还会让你帮她保管那幅画，这样最好。"

"如果是汉普斯特德的那帮人干的，他们肯定会盯着报纸上的消息。看到卡鲁金夫人的讣告，他们会是什么反应？他们之前作案从未死过人，看到消息肯定会吓一跳，想着赶紧溜吧？"

"死没死人他们应该心里有数。"

"可如果他们是在十点半左右坐着货车来的，而卡鲁金夫人的死亡时间只有七八个小时……"

"可能他们来的时候卡鲁金夫人已经在睡梦中去世了，伊万跑出去是为了通知他们。不管怎样，如果媒体那边已经知道了，我们就没办法封锁消息，而且我觉得对汉普斯特德那帮人来说知不知道都一样。我敢说成功已经冲昏了他们的头脑，没听说过吗——'一片寂静让本·阿德罕姆更加胆大'[①]。你继续做你的事情。对了，你可以坐送我来的那辆车，把找到的线索送回总部——就那两个杯子和那本书，还有其他你找到的东西。车就停在伊斯灵顿大街上，一会儿一起回。哦，对了，货车也会一起。屋里检查完之后记得锁上，去邻居那了解一下有关卡鲁金祖孙的情况，事无巨细都要记下来。你已经见过米内利夫人了，

[①] 摘自英国诗人利·亨特《阿布·本·阿德罕姆》一诗。他是英国新闻记者、散文作家、诗人及政论家。

我就没必要急着去了,反正也是走个形式。"

"谢谢您的嘱咐!"贝多斯语气戏谑,还鞠了一个九十度的躬。

"我,现在去给朗西曼打电话,然后,"南丁格尔最后说着,一脚踢开一个发了芽的土豆,它骨碌碌滚到了房间的另一头,这是科布在搜查时弄掉的,"去会会马金迪。"

南丁格尔走到街上,出门前好奇地瞥了一眼米内利夫人的房间。晚些时候肯定要去一趟,主要是为了看一看那幅镶着金框、嵌着宝石的画。如果那些小偷知道有这样一件价值不菲的艺术品,一定不会放过。现在可以确定案发现场有小偷出现过,有可能就是汉普斯特德团伙,即使不是,顺着这个方向查总是没错的。这应该是他们第三次作案。他们不是惯犯,但每次计划都很周详。第二次作案是在戈尔德斯格林,案发不到两个小时南丁格尔就得到了消息,当时他组织警力,以雷霆之势突袭了所有已知的大规模销赃场所。他对这次行动满怀信心,但结果却令他大失所望,各个小队都是一无所获。丢失的都是贵重物品,找那些小商贩销赃根本行不通。因此幕后应该还隐藏着一个新团伙。但真正让他大吃一惊的是,警方已经掌握的那些大帮派并没有出现内部分裂的情况。另外,他也知道,不管是直接动手或是采用埋暗桩这样的委婉手段,他们肯定硬着头皮不顾义气也要干掉这群不知天高地厚的新秀，但他们还没有任何动作，因此，这个新团伙肯定隐藏在暗处，连那些大帮派也被蒙在鼓里。他那时满心愤怒，发泄似的一脚把烟头踢进了旁边的排水沟里。他感觉警局和线人周身围绕着层层迷雾，危机四伏。他皱起眉头，想到一位极其出色的线人曾遭到无情毒打，被扔在砖匠之臂酒馆旁的垃圾场，奄奄一息，如今在圣托马斯医院接受封闭治疗。这件事跟案子绝对有关联，但他当时在两眼一抹黑的情况下也没有把握采取任何行动。南丁格尔走到伊斯灵顿大街上，让警车开进布莱特路，自己穿过最近的小巷来到上街，眼前一下子豁然开朗，像刚从暗无天日的隧道出来。宽阔的街道两旁霓虹灯闪烁、街灯林立，街上人头攒动，车辆川流不息，城市的喧嚣和鲜活烘托出一派欣欣向荣之象。古老的伊斯灵顿大街已经被时代遗忘，只能随着夕阳西下慢慢隐入黑暗，留下象征着死亡的无奈的嘶喊。

他走进一个电话亭，像是为了方便而特意站着，然后打开电话簿翻找朗西曼的号码。拨号的时候他心中忐忑，不知道朗西曼对当时害他提前退休的控告有没有释怀，而且他们有将近一年没有联系过了。耳边终于传来朗西曼的声音，南丁格尔松了口气，按下接听键。

"嗨。"他说，"我是南丁格尔。我知道，实在不好意思，我一直很忙。你怎么样？我挺好的。你妻子呢？谢谢，她也挺好的。是这样，我有事想请你帮个忙。你对卡鲁金这个名字有印象吗？什么？怎么会呢？姓卡鲁金的只有那一家？你确定吗？好吧，不好意思，我确实不知道。这样吧，我没想到你这里有这么多信息，我现在要去见另外一个人，没办法一直听你说完。你可以给办公室打电话吗？把能找到的所有信息都发来。告诉他们要一字不差地记下来，你跟他们说他们就懂了。多谢。电话是74……哦，你还记得啊。对了，别忘了收费。我一会儿还会给你打电话的。谢谢，再见。"

他放下电话，又拿起来，拨通了家里的号码。

"喂？"克里斯蒂娜的声音从听筒那边传过来。他正要责备她刚才没有接电话，随即发现她的语气不对劲儿，所以他只是说："克里斯[①]，嗨。刚才我给你打了一次电话，你好像没接到。我还在这边，不知道什么时候能回家，你不用等我了，抱歉。"

"哦。"电话那边有一瞬的沉默，"好。"

"你怎么了？"南丁格尔问。

"我把胸针弄碎了。"她的声音有些发颤。

"噢，亲爱的——"布雷特突然顿住了，不知道说什么才能让她好过一些。那枚胸针并不贵重，但漂亮精致，是她的心爱之物，几乎从不离身，一直戴着，而且还是她

---

① 克里斯蒂娜的昵称。

母亲留给她的。"怎么碎了?"他别别扭扭地问道。

"我把它摘下来放在钢琴边了,也不知道我为什么要放在那儿,也没注意。后来关钢琴盖的时候,支架不知道怎么回事滑了一下,掉进去了,琴盖就直接砸了下来……"

话还没说完就没有声音了,应该是在哭。布雷特本想说她胸针放的地方不对,但觉得这样会显得冷淡无情,于是他说:"太可惜了。"他脑子里能想到的只有这几个字。如果他在家的话,即使默默地陪伴也是一种安慰,或者面对面说话也比这样隔着电话冷冰冰的强。话筒那头依旧在沉默。"克里斯?"他说。

"嗯?"

"哦,没事,我以为你没在听。我得挂了。很抱歉,亲爱的。"他重复着道歉的话,心中涌动着绝望。

"好,没事的。"她的声音很平淡,"再见。"

"再见。"

布雷特放下听筒,这个时候他甚至有点嫉妒那些油嘴滑舌的家伙,他们能滔滔不绝地吐出一长串动听贴心的话来安慰潸然泪下的女性。等到用高超的幽默感成功抚慰了那些弱女子之后,他们还会沾沾自喜,但心里真正在想什么只有他们自己清楚。尽管一些愚昧肤浅的女子可能会在这种伎俩中迷失自我,但是克里斯蒂娜不会轻易被蒙蔽,也不会因为这样虚假的关怀而满心欢喜。反正南丁格尔希望她不会。

　　电话亭蒙着一层水汽,他推开门来到街上,与咖啡厅飘出的阵阵香气撞了个满怀,一吸一呼间都是鱼的鲜美、薯条的香脆,以及醋的浓郁酸味儿。商店橱窗中摆着橘子、各样坚果、冷杉树、盒装薄脆饼干,还有一排排捆好的火鸡用闪耀的荧光照着,油光发亮。冬日的刺骨严寒没能阻止美食的浓郁香气浸润着整条街道,还为橱窗中琳琅满目的商品更添了些许节日氛围。"自然敬畏上帝,褪去一切矫饰。"①但人类不仅要填补冬日严寒带来的空白无趣,还会做足准备庆贺这一时的放纵。布雷特的目光扫过一扇扇花里胡哨的橱窗,上面写满了红色银色的庆贺词,还用了棉花和圣诞节小彩灯点缀。然而,他脑海中还印着卡鲁金那间阴沉灰暗的屋子。如果那只行李箱里也有闪烁的小彩灯,该是怎样让人目眩的场景呢?他仿佛看到白金盆中伫立着一棵圣诞树,枝叶青翠欲滴,颗颗钻石在其间熠熠生辉,树下堆满了黄金圣像和各式各样的礼物。

　　想到礼物,他还没给克里斯蒂娜准备礼物。离圣诞节只剩下两天了,他有些茫然,能想到的礼物似乎跟惊喜搭不上边,都很俗套、平庸又乏味。这时公交车停在站台边上,他赶忙小跑着排队上车,关于礼物和节日都被抛到九霄云外去了。

---

① 选自约翰·弥尔顿诗歌《清晨圣诞歌·颂歌》。

不久,他到了办公室,接了一个电话:"你亲眼看到他了?确定是他?他现在应该在干草剧院,坐在舒服的椅子上,反正那个出口本来就很适合盯梢。你可能正好赶上最后一个幕间休息,不是也无所谓。你跟着他回家,他应该会叫出租车。他一进家门你就通知我。跟的时候小心一些。我刚从他家过来,那边被盯上了,也可能是我被盯上了。不管怎么样,现在情况不容乐观。你要是确定没看见他,也要立刻告诉我。好,我马上去。谢谢。"

挂掉电话,他陷入沉思。大体说来,布雷特感觉自己才是那些人盯梢的目标。当时按响马金迪家门铃的时候才发现有人跟踪,而且这种感觉很强烈。他扫视四周,路两旁的几个人看起来一切正常,不像是漫无目的地瞎逛。但这种表面上的正常毫无说服力。直觉告诉他这些人里面肯定有一个甚至几个都盯上了正站在门口的他。他离开几分钟之后,周围的人便四散而去,说明自己才是他们的重要目标。南丁格尔觉得那些人不太可能是藏起来了。他走到马里波恩路上,上了一辆出租车,是他提前叫的,预备甩掉尾巴。到了贝克街后,又回到这里,仍是空无一人,因此他返回了办公室,自己会被跟踪也是意料之中的事。

马金迪的管家说他去了剧院。分局长说贝多斯正跟着伊万在伊斯灵顿区的各家酒馆转悠。南丁格尔给自己倒了一杯茶,感叹自己终于能安安生生坐下,看看警员抄录的朗西曼提供的信息。

　　卡鲁金家族——起源不详。卡鲁金家族的人都喜欢宣称祖上曾在基辅居住，但据考证卡鲁金家族最早在中世纪俄国弗拉基米尔地区出现。当年鞑靼人征伐，将他们充作奴隶，免于被屠杀的命运。莫斯科公国时期，卡鲁金家族凭借缜密的心机和敏锐的政治嗅觉留存于世。米哈伊尔·罗曼诺夫混乱的登基过程中，他们展现出了极大的野心和魄力。彼得大帝和叶卡琳捷娜一世执政期间，家族因极力拥护当政者的专制统治而获得巨大的政治影响力。拿破仑战争期间和战后，卡鲁金家族不再专注于敛财，而是开始注意收拢权力，金钱只是锦上添花。19世纪末期，卡鲁金家族因缔结了一桩颇具战略眼光的政治联姻，而得到乌克兰、克里米亚和维亚特卡地区的大片地产，分别盛产粮食、水果和木材。除此之外他们还在梁赞和雅罗斯拉夫尔拥有一些小规模地产（1861年俄国农奴制改革，比起其他家族，卡鲁金家族所受影响较小。原因在于，面积最大、产量最高的地产都分布在南方，而地主发现直接付清工资比分地更划算，因此农奴在南方分到的地产较少）。另外，乌拉尔地区的一处绿宝石矿也是卡鲁金家族的产业。除了上述地产所包含的宅院，他们还在高加索地区、克里米亚以及蒙特卡洛有几处庄园，在巴黎有一处公寓，在莫斯科有一处房产，在彼得堡有一座宫殿。

1893年，塞瓦斯蒂安·卡鲁金公爵与维斯尼茨卡娅女伯爵结婚。塞瓦斯蒂安公爵英俊潇洒，但头脑简单、风流成性。他行事不经思考、极端偏执，因此很快对政事失去了兴趣。此生有两大爱好：一是赌博，二是吉卜赛人。他的身影穿梭于欧洲各个赌场，蒙特卡洛的赌场是他的最爱。或许是因为常年居于海外，他对吉卜赛人尤为欣赏，但只有俄国境内的吉卜赛人最得他心，因此他是莫斯科吉卜赛餐厅的常客，尤其爱去罗德别墅餐厅和亚尔餐厅。

奥尔加夫人总管整个宫殿及其内的一切，就是塞瓦斯蒂安公爵回到宫殿里也要受她管辖。她固执专断，有绝对统治权。虽然她管理得当，待人和颜悦色，但她漆黑的眸子总会给人无形的威压。她对丈夫无比忠贞，堪称典范；对至交密友却态度傲慢，对其他人则热情好客；对仆人赏罚分明、照顾有加，说话也柔声细语。然而，所有人都对奥尔加·瓦西里耶夫娜充满敬畏。

伊拉利昂是她唯一的儿子，从小受到母亲的严厉管教，长大后性格呆板、敏感胆怯。伊拉利昂·卡鲁金长期笼罩在母亲专横意志的阴影下，性格易怒浮躁、倔强执拗，完全看不出母爱的浸润。时间久了，这种执拗性格迟早会爆发，而奥尔加夫人对此不以为然，即使冲突对象是她也不曾重视，因为矛盾焦点都是些琐碎小事。伊拉利昂遗传了父亲英俊的外表，也遗传了他的性格早熟、胸无点墨，但奥尔加对伊拉利昂的纵情遂欲视而不见。除了男女关系上这点有限的自由，他事事都要听从母亲安排。

1913年，塞瓦斯蒂安公爵死于中风（据传发病诱因是沙皇通过了自由宪法），伊拉利昂公爵成为名义上的一家之主。但所有人都知道，奥尔加才是名副其实的一家之主。

1914年，伊拉利昂公爵年满二十，第一次世界大战对他没有任何影响。他出身贵族，无须服兵役，依旧过着奢侈懒散的生活。他的朋友中有人自觉有责任解救俄国于危难之中而投身战场，这也丝毫没有影响他的社交活动。

1916年秋，伊拉利昂公爵与母亲为他挑选的伊莉娜·谢尔比尼娜结婚。她是家中幼女，柔弱温顺，典型的金发女子。

1917年3月（儒略历2月）俄国革命爆发，沙皇退位，卡鲁金家族也卷入了国家权力更迭的旋涡。伊拉利昂公爵大为惊骇，六神无主，但也没有想过离开彼得堡，而且当时他与皇家芭蕾舞团的一名演员正处于热恋当中。那些四处奔走呼吁"起义、反抗"的人们很快被镇压，独裁统治并未垮台。伊拉利昂公爵没有参与到战争中，因此临时政府并没有为难他，彼此相安无事、井水不犯河水（很显然临时政府也没有想过找他的麻烦，因为后续采取更激烈的战争手段时可能用得上他）。然而，奥尔加夫人觉得情势不容乐观。她凭借勇敢坚韧的品德在那段时间守护住了摇摇欲坠的卡鲁金家族。

奥尔加夫人预见沙皇政权必然会覆灭，他们这些贵族也将面临灭顶之灾。然而伊拉利昂公爵不肯接受现实，更别说他正跟他的芭蕾舞者情人如胶似漆、难舍难分。他和他的母亲在是否离开这个问题上意见相左，这是第一次也是最后一次母子之间产生如此激烈的冲突。伊拉利昂对奥尔加夫人的警告置若罔闻。他的固执和盲目让奥尔加怒不可遏，于是她自己设法离开，成功逃到了芬兰边境。逃亡路上气候恶劣、条件艰苦，幸好奥尔加意志坚定，不然一定坚持不下来。她走的时候带上了已经怀孕七个月的儿媳，可惜她意志不坚，身体也有些孱弱，最后在离到达芬兰边境只剩不到一周路程的时候早产而亡。她生下一名男婴，取名伊万。

奥尔加夫人带着孙子穿过芬兰，于1918年夏天到达瑞典，在此隐居两年，并未试图与她的儿子或任何在俄国的熟人取得联系。这两年中，报纸上登出一则叶卡捷琳堡枪杀皇室成员的消息，还有彼得堡枪击事件。其间伊拉利昂·卡鲁金王子也未能幸免。

南丁格尔将手稿推到一边，抿了一口早已冷掉的茶。故事中唯一让他动容的是伊莉娜的遭遇，那位柔弱温顺的金发女子。他想着这几个字,低头看着朗西曼另外留下的话,微微一笑。

上面写着:"我只知道大概情况,但其中的传言细节都是我父亲告诉我的。想着可能会有用,我就全告诉你了。这些消息的真实性毋庸置疑,我父亲虽然八十岁了,但记性绝对没问题。瑞典那部分的消息来源是我父亲的朋友,他当时就在斯德哥尔摩。奥尔加那时与聚居在那里的英国人打成一片,后来似乎淡出了那个圈子。等你查出奥尔加身上发生了什么事,告诉我一声。对了,如果可以的话,给我透点消息,我父亲也十分好奇。"

南丁格尔点了点头。十月革命之前,朗西曼的父亲曾在英国驻彼得堡大使馆工作过几年,他母亲是希腊人。也难怪朗西曼对东欧研究情有独钟。南丁格尔对朗西曼具体的研究课题印象不深,但他还记得有一次,一名警官找朗西曼问报纸上一个小测验的答案,问题是阿金库尔战役发生的日期,当时朗西曼没能回答上来,辩解说这道题超纲了,因此被人嘲笑了整整一年。南丁格尔默默记住,要告诉那个警官,曾经被他嘲笑的朗西曼凭着自己的研究为他们提供了十分有用的信息。还好南丁格尔现在级别比较高,不需要太委婉。

他拨通了分局长办公室的电话:"卡鲁金一家应该是从 20 世纪 20 年代初就一直住在布莱特路。他们刚来的时候,伊万应该只有三四岁,肯定在当地上过学。麻烦查一下是哪所学校,再问一下有没有老员工还记得他的。现在临近过节学校已经放假了,但你的人应该认识学校管理员,可以问一下校长的住址。实在不行可以去教育部门查。总之尽力吧。对了,他还酗酒。他有没有经常去的酒馆?会不会是沙德勒之井剧院后面的俄国皇后酒馆?不对,可能不是,那个地方有点冒犯皇室威严。找得到店主的话跟他谈谈。伊万现在应该不在他经常光顾的酒馆,要不早就找到他了。圣潘克拉斯火车站那边再深挖一下,不在场证明和一些负面性格特征完全不够。关于这个人的任何信息都要收集回来。好了,尽快行动吧。"

他刚挂断电话,就有人打进来。他边拿起电话边想可能是马金迪回家了。电话内容证实了他的猜测:马金迪刚从剧院回家。南丁格尔扫了一眼手表,现在很晚了,但不算太晚,可以去见他。

一个小酒馆里,三个男人的争论停了一瞬间,酒吧其他角落也突然安静下来。长着一个厚下巴的酒吧女招待一脸冷漠,拉下把手,接了淡啤和苦啤。远处的收音机中爆发出一阵激动的笑声,但没人在意播报的内容。

贝多斯面上一副懒散的样子,瞥见伊万·卡鲁金正在柜台掏钱买酒,于是他继续低头假装苦思冥想晚报上填字游戏的答案，这么幼稚的游戏根本名不副实。他咬着笔头，营造正在思考的假象，铅笔的味道还能把嘴里的酒味儿冲淡一些。他实在是不喜欢淡啤的口感，只是迫于要隐藏身份，还得省钱，不得不点了一杯，并咽下半杯。

他装作寻找灵感的样子打量着四周。酒吧的墙腰部以下是红木构成的，以上的部分四面各有不同，一面墙上镶着釉面砖，组成一幅衣衫半褪的复古丽人图。另一面以及吧台靠着的那一面嵌着雕边板式玻璃。最后一面墙上是磨砂玻璃窗。挂着的纸链和铃铛把天花板遮得严严实实，十分压抑，且烟雾缭绕，贝多斯觉得脚下刮过一阵冷风，将上面的烟雾吹散开来。

贝多斯想着南丁格尔可能正在珠宝商的豪宅里，对着熊熊炉火，痛饮着私藏雪莉酒。他算了一下，十三年之后，他才能跟现在的南丁格尔一样大，或许也能坐上总督察的位子。然而此时此刻，他只是个小警长，只能窝在这小酒馆里忍受糟糕的环境，这也怨不得别人。他一接到伊万在德比之章酒吧的消息，就马上赶过来了。原本贝多斯的任务只是熟悉一下伊万的脸，但发现伊万下落之后一直盯着他的那个警探会错了意，以为贝多斯瞥他一眼是让他离开，其实贝多斯只是表达一下他记住伊万了而已。那个警探有自己要盯梢的目标，来德比酒吧也是为了另一个案子，但他离开警局之前刚好听到了找人的消息，也是运气好在这里发现了伊万。警探之前知道伊万这个人，因此外貌描述完全用不上。其他一些当地的警探也认识伊万，他们经常要去各个酒吧执勤，伊万则是去喝酒消磨时间。局里大家都要过圣诞节，毕竟是全民欢庆的节日，不可能专门调拨出一个人来德比酒馆盯着伊万，所以贝多斯警长避不过冒着严寒奔走的命运，只能一遍又一遍地说服自己既来之则安之。

他的目光落在伊万身上，看到他正背靠那面玻璃墙坐着，不远处就是那一帮口若悬河的酒客。伊万已经酩酊大醉了。他从布莱特路跑出来肯定就一直在灌酒喝，竟然还有力气一路走到这里，十分钟的路程也不算很近。即使伊万变成现在这个样子跟成长环境不无关系，但他自身资质也实在堪忧。一身廉价西服的裁剪已经十分节省材料了，但穿在瘦小孱弱的伊万身上仍旧显得宽宽大大，并不合身。他脸上泛着油光，皮肤红肿，松松垮垮，看着像面部溃疡。淡黄色的头发湿漉漉的，每当他离开座位去吧台买酒的时候，可以看到玻璃上头靠过的地方留下了一块油腻腻的印子。胡子也是一团乱，嘴角一直耷拉着，显得下巴越发松弛。他一直在咳嗽，口水飞溅，但他好像并不在意。他好像对什么都不在意，只是直直盯着地板，两眼放空，机械地一遍遍重复举杯喝酒的动作。

看着伊万喝酒，贝多斯想起来自己的酒还没喝完，低头一看，杯子不知不觉竟已经空了。墙上的钟指向九点五十，贝多斯开始有些坐立不安，如果干坐着不买酒，再待四十分钟或者更久就不合适了。想到这他站起来走向吧台，啤酒已经售空，他也不想折磨自己，就点了一杯朗姆酒。不知疲倦的收音机播放着圣诞颂歌音乐会的旋律，声音有些模糊难辨。喋喋不休的酒客们不再谈政事，转而说起了闲话。那边吧台坐着三个男人，轮到其中的矮个子请客，他长得歪瓜裂枣，一双蓝眼睛倒是炯炯有神。

"达芙妮，再来三杯，谢谢。"他语气轻快，举帽子示意，然后立刻转身跟另外两个人说："不，吉姆，他不知道，他没看见，但你说，比尔顺走几个瓶和一幅画，嗯，他确实这么干了，我承认。用得着啐我吗？吉姆……"他突然停住，情绪激动，然后扬声说道："那老头带着几个男的去帮他洗车，就那么点时间，这两种情况，哪个更有可能？嗯？吉姆？"

吉姆闷闷不乐，很明显刚才在争论时落了下风。听到这，他向说话的人猛地一举杯。

"没错！吉姆。"第三个人稍显年长，脸色通红，留着斯大林式的茂盛胡须，灰白的眉毛也十分浓密，一双乌黑的眼睛闪闪发亮，绝不放过任何逗趣儿的机会，"一直都是这样的，以前就是这样，以后还会是这样。他们有他们的一套生存法则，我们有我们的，在哪都一样，你也改变不了,'再怎么努力也没用'。明白了这个,生活就没那么难喽。"

他说出这人生真谛的时候,嗓音浑厚低沉,每个停顿都恰到好处,让他的听众有足够的时间去细细品味。之后他拿起酒杯,吞下一大口酒,杯子几乎见底。

"而且,"矮个子男人继续说道,"难道他们觉得把那幅画随便扔在那会没人动心吗?这跟羊崽子入了狼窝有什么区别,达芙妮送来的酒也是一个道理,"他突然加了这么一句,对酒吧女招待咧嘴一笑,"是吧,达芙妮。"

女招待面无表情,可能根本没有听到他的俏皮话。她长长的下巴、深邃的眼眸和浓重的古铜色妆面,让贝多斯想起了印第安人。

"哎,乔。"那个矮个子又开始了新的话题。

贝多斯没有继续往下听,他费尽力气才忍住没有因为胡子男的名字笑出声,赶紧转身遮掩,正好看到伊万站起来摇摇晃晃走向吧台。他走到贝多斯和那三个人中间,一声不吭,直接把杯子推给女招待,然后在口袋里摸索,左手一直撑在柜台上来稳住身形。

女招待不为所动,冷冷地盯着他:"先生,我觉得你不能再喝了。"她平淡地陈述事实,语气并不像建议规劝。

伊万充耳不闻,只是等着,呆呆地盯着空酒杯。伊万一动不动的时候,女招待也没闲着。贝多斯注意到,她从柜台下面取了什么东西放在台面上,朝着三个男人的方向,身体前倾,手搭在乔的胳膊上。她应该是对人有所求,动作似乎是算计好的,要跟人套近乎。

"皮尔斯先生,要来一张抽奖券吗?"她声音粗重地问道。

"抽奖券啊?"乔转过身,身体也前倾,保持着彬彬有礼的距离,"奖品呢?"

"一等奖是礼品盒加五英镑,二等奖是一只火鸡和一瓶威士忌,三等奖……"

"不不不,我想问的是捐助对象。"

"还是给巴拿多医生慈善机构捐款。"

"啊,那行,来几张吧,达芙妮。"

女招待提起她从柜台深处取出来的东西,一本抽奖券,还有一个银蓝相间的硬纸板做成的巨大彩蛋。

矮个子见状笑了起来:"达芙妮,现在就拿彩蛋当奖品,太早了吧?"

她还在想怎么回答的时候,伊万踉踉跄跄走了几步过来,盯着她看。

"老子的酒呢?"他尖叫道。

贝多斯吓了一跳,没想到伊万口中会蹦出这种市井粗话,他一厢情愿地以为伊万嘴里说出来的肯定是优雅但磕巴的英语，要么就是流利的俄语。

空气安静了一瞬。乔作为几人中的年长者，自然挺身而出。

"老兄，你要什么酒？"他的声音依旧低沉，浑厚圆润，语气坚定，带着安抚人心的力量。

伊万没说话，眼神迷蒙，扫过眼前的几张面孔，对上了贝多斯淡漠的眼神。他摇摇头试图清醒一下，又看向柜台，伸出微微颤抖的手要酒喝，桌上还放着他刚才扔在这的酒钱。

"给他一杯吧，达芙妮。"矮个子看到女招待还在犹豫，就催促道，"再喝一杯不会有事的。"他在伊万背后挤眉弄眼，表示他本人会确保伊万没事。

"我说，兄弟。"乔一脸威严，向达芙妮点头示意，"跟我们一起喝一杯吧。下一轮我请，喝完咱们也该散了。达芙妮，我还要一样的，谢谢。兄弟，你喝什么？"

伊万虽然喝得烂醉，但很快反应过来有人请他喝酒。他拢好自己的钱，仔仔细细一张不少地塞进口袋，慢慢沿着柜台挪过去，跟他们站在了一起。贝多斯觉得他不一定会乖乖听从乔的委婉劝诫，喝完这一杯真的就不喝了，甚至他可能都没有听出来乔的暗示。但起码目前乔的计策成功地把他引到了一旁，方便这三个酒吧保安和和气气地将他请出酒吧，避免冲突。伊万可能觉得请喝酒的都是朋友，或者这三个男人成功安抚住了他，获得了他的信任（贝多斯觉得应该是后者），因此他突然急于表现自己的热情友好，一把抓过酒杯，仰头灌下一大口。万一喝得慢了点手抖洒出来了，岂不是暴殄天物？他一下子变得鲜活起来，但眼神依旧迷蒙，甚至咧开嘴露出一个虚弱的笑容。

"我看到了。"他说。

贝多斯小心翼翼地环顾四周，酒客们都三三两两忙着谈天说地，他和伊万两个人是唯二形单影只的顾客。似乎没人注意到吧台这边的动静，不过也很正常，伊万的声音本来就小，还伴着气喘，贝多斯觉得这么小的声音，除了吧台这几个人，其他人应该都听不见。

"我看到了。"他喘息着，重复说道，"我也跟他描述了。我要是没见过怎么跟他说？"

"是，你说得对，兄弟。"矮个子附和道，对其他两人投去一个同情的眼神。

"我告诉他了。"伊万完全不觉得有必要清清嗓子，继续嘟囔着，"全都告诉他了。"他的脸上布满伤感与脆弱。"唉，它真的很好看。"他叹着气。

"兄弟，你说什么呢？"矮个子十分耐心地问道。

"蛋呀。"

矮个子对着其他人拍了拍额头，问道："什么蛋？"

"复活节彩蛋。我告诉过他。白色的,闪着光,特别好看,就像雪和雾一样洁白无瑕,星星一样光彩夺目。"

"看看!"矮个子挑了挑眉头,"咱这还出了位诗人!"

"听着更他妈像是圣诞彩蛋。"表情阴郁的吉姆突然出声,"对,我觉得就是——圣诞彩蛋。是吧,乔?圣诞彩蛋。"

吉姆强调了好几次,对自己的机智感到十分自豪,面上还是一派戚戚然。

矮个子捧腹大笑。"嘿,达芙妮!"他向吧台那边探身过去和女招待讨论伊万还在嘟囔着的那句话。

"好看。"伊万说着,抬起头,贝多斯看到眼泪在他眼眶打转了。"但我把它弄丢了,弄丢了。全都丢了。"话音刚落,眼泪扑簌簌往下流。

"真糟心。"矮个子满心嫌弃地嘀咕道。"乔,怎么办?"

"老兄,振作一点儿。"乔说着,慈父一般伸出手放在伊万的肩膀上。"要不要回家休息休息?"

伊万突然干呕。乔以为他要吐,急忙退开。但伊万没有吐出来,乔随即走回他身边。伊万蓦地转身背对着乔,乔请他喝的酒还没喝完。

贝多斯默默走开,回到座位上,拿起报纸和笔离开了酒吧。伊万应该随时会离开，可能是自己走，也可能是乔他们几个把他赶出来。贝多斯顺着主干道往前走了几米，停住脚步，从容地抽出一根烟，叼在嘴上。为了拖延点烟的时间，他偷偷吹灭了三根火柴，到第四根的时候才把烟点着。接着他装作没拿好报纸，设法在报纸掉下去的时候抓住中间那一张的边缘，报纸就散开了，这样必须转身面对酒吧才能把报纸收好。贝多斯小心地捡起报纸，紧紧卷好，这时，碰巧看到酒吧的门旋开，伊万摇摇晃晃地走了出来，孤身一人。

  他没有顺着主干道往贝多斯这个方向走，而是拐进了坦普林路，德比之章酒吧就坐落在这条小巷拐角。贝多斯在后面慢慢跟着，想了一下，这条路走到头可以到高斯威尔路，伊万要回家的话，走那边最快。但他真的想回到那个下午才仓皇逃出的肮脏房间，去面对他已经死亡的祖母吗？可能他喝得太多已经不记得发生了什么事，也可能他的腿已经不受脑子控制，凭着肌肉记忆就能把伊万从这个区任何一个酒吧带回家。如果他真的回了家，分局长那边会继续监视他。不过伊万很有可能在伊斯灵顿区游荡到下半夜，贝多斯可不想一晚上都跟着他在街上游走。给局里打电话叫人来替他的话，又怕会跟丢。除了之前在德比见到的那个警探，这个区的警探他都不认识，也不指望在路上能遇到帮手。

拜托，伊万，快点走吧，贝多斯小声嘀咕着，看着伊万跟跟跄跄走进那条阴暗的小巷。伊万用来逃避现实的港湾是摆满酒水，温暖如春的酒吧，而他呢？什么都没有。还好当时喝了一杯朗姆酒，现在想想应该喝两杯的。南丁格尔肯定还窝在珠宝商的椅子里烤着火。贝多斯等了一会儿，接着强装从容，缓步走过坦普林路尽头的铁艺路牌。此时的伊万却有些迷茫。

他们已经站在了灯火通明的高斯威尔路上，旁边就是与城市路的交叉口。伊万还醉着，无所顾忌，猛地从人行道斜冲入繁忙的车流中。贝多斯翻了个白眼，恨不得一辆大货车撞到伊万好让他解脱，但他死死按捺住这个想法，跟了上去，与人行横道保持着不远不近的距离。人行横道像一把卷尺横跨交会的两条主干道，中间的安全岛将其一分为二，上面矗立着一间公共厕所和几块巨大的黄色路标，路标分别指着牛津、南威尔士、斯劳和西区这几个方向。贝多斯也冲向人行道后半段，逆着车流的方向向右看去。城市路上车水马龙，老鹰酒吧里人来人往。老鹰酒吧在哪？路那边不远可以看到灰暗的船坞，岸边坐落着码头、工厂和垃圾场，酒吧就在这边。轻轻扔一块石头过去，木制水栅在水面上微微倾斜晃动。水中央一丛灯芯草悄然发芽，颇有种遗世独立之感，吸引了一对天鹅在此筑巢。这里是贝多斯知道的离老鹰酒吧最近的地方，但他今晚并不打算去欣赏酒吧觥筹交错的盛景。伊万还在直直地往前走,好像要回家,脚步也快了许多。贝多斯想他早就该回家了。路上几乎没什么人,周围很安静,但并不死寂。两旁的老房子拔地而起,灯火点缀其间,小巷越发显得狭窄拥挤。贝多斯可以看到铺着地毯的地下室,里面炉栅中火势正旺,温暖舒适。他很清楚,货车拉来的散煤烧起来不会产生如此温顺而又耀眼的火焰,倒是苏默斯小镇上的大型铁路仓库离这里不远。这种温暖和舒适是他触碰不到的,但又叫嚣着在诱惑他,于是他移开目光,转而研究起了伊万飘忽不定的行走路线。伊万越想走快一点,就越是左脚绊右脚,摇晃得越来越厉害。路边的一间屋子被当年的炮火轰炸后摇摇欲坠,只剩下两根深深插入人行道上的木梁作支撑,伊万绕开了第一根,又转圈走向第二根,像在乡村舞会跳八字舞步。接着他跑了起来,路过一对迎面而来的年轻情侣,几乎是擦身而过。他们没有在意伊万,依旧自顾自走着。贝多斯看着他们越走越近,两人互相搂着腰,女生的头靠在男生的肩膀上,看着很温馨。但两人走得很快,还在讨论着私事,语气活泼而利落。陌生的语言涌入耳朵,贝多斯才意识到他们是外国人。也许这就是他们对这种随意姿态习以为常的原因,且不管心情如何,依然紧紧地互相搂着。伦敦的这个区域对很多外国人来说是不错的居住地点。伊斯灵顿区有自己独特的魅力，自成一体。贝多斯自己也乐意住在这边，或许可以住在布莱特路？想到这他会心一笑。伦敦有一些名字听上去响亮高档的周边郊区，却分布着很多比布莱特路更昏暗逼仄的小巷。那这儿又是怎么回事？两边的房子明明都保养精致、窗帘紧闭，旺盛的炉火透过窗户发出暖光，且体面漂亮，充满生活气息……

接下来去哪儿？贝多斯猛然自问。伊万这时已经拐进了一条小路，不是通向布莱特路的方向。贝多斯转过弯之后，心猛地一沉：前面是一个分岔口，路口开着一家小酒馆。他当下决定，如果这个四处瞎晃荡的俄国佬要去酒馆，他就借店主的电话通知局里。趁伊万灌酒的时候，他们可以派人过来替他，必须得派人。他跟在伊万身后慢慢走着。突然，一只白色斑猫横冲过路面，跑向一片轰炸区，消失在黑暗中，外围栅栏里矗立着一块承包商的招牌。再往前走是一栋棱角分明的公寓楼，像巨兽一般巍然耸立在老房子后方，显得这些老房子更加渺小阴暗。路上只有伊万和贝多斯两个人，前者正朝着酒吧走去。

贝多斯开始在心里默默咒骂，有理有据的，但看到犹犹豫豫的伊万没有进酒馆之后，他又忍住了。伊万醉醺醺地走向酒吧左边的小路，从这可以转回布莱特路。贝多斯无可奈何，继续跟着。他应该感谢伊万喝得烂醉如泥，没有回头看过，也没有发觉他在跟踪他。但贝多斯自己莫名其妙有一种扭头看身后的冲动。他万分谨慎地向后看了一眼,有两个男人摇摇晃晃地走向酒吧,又有一只猫贴着地面飞奔而去。别无他物。前方的伊万突然加快了速度,已经快到路尽头了,只能看到栅栏和树。那是哪儿?公园?还是花园?

伊万走到路口向左拐,这时从右边的路口冲出一辆带轮子的板条箱玩具车,朝着贝多斯呼啸而来。窄轮圈没有装轮胎,碰到人行道的裂缝时会发出哐当哐当的响声。车头装着两个自行车灯,后面的小男孩蹬着踏板提供动力。他的司机小伙伴负责掌控方向,还在高速行驶的时候模仿活塞发动机的声音。贝多斯发出一声叫嚷,听着像野猫在表达不满,上下挥舞着手臂,示意他们停下。这新奇玩意儿在离贝多斯还有不到两厘米的地方停住。

"先生,请问现在几点了?"小司机抬起头看着他,问道。

"到你睡觉的时候了。"贝多斯看着他的表,温和地回答,"十点二十。"

那个孩子吓得倒抽一口气。"谢谢你,先生。快蹬,提姆。"小司机一口气说完。

贝多斯看着他们匆忙离开。"车子后面得装一个红色的灯。"他在后面大喊,"不然就违法了!"

提姆停下飞速运作的双脚,转过头,举起手比了一个手枪的形状，口中发出两声类似火车汽笛的声音。贝多斯觉得此时他应该微微一笑，然后慢慢弯腰俯身，按住自己的腹部作痛苦状。

但他猛地一激灵，赶忙跑向路口。伊万不见了，前前后后都没有他的身影。贝多斯毫不犹豫，当即穿过马路来到对面的人行道上，路旁是他刚刚远远望见的栏杆和树。他的心怦怦直跳，但强迫自己镇定下来，有时候他真想骂自己是个十足的蠢蛋。这么短的时间伊万不会走太远，可能他的某个朋友在这边住，去了别人家拜访。可是放眼一望，没有房子还亮着灯，似乎荒无人烟。贝多斯看向右边，目光越过栅栏，落在那几棵树中间。他跳进去的瞬间以为自己站在陡峭的山顶。贝多斯低头一看，坡底一片漆黑，从中冒出几栋多层公寓楼，窗户都透着暖光。再仔细一看才恍然大悟，他以为的坡顶其实是一处斜岸，那一片漆黑是一条狭长水域，平静无波，黑暗中的公寓楼则是立在对面岸边的高层住宅背部的倒影，没有树木遮挡。现在他再往水面看去，镜子般平静的水面漆黑一片，他之前看错的楼顶其实是公寓楼的底层，窗帘和灯都是倒挂着的。这片水域应该连着运河。是哪条运河？摄政运河吗？还是联结运河？南丁格尔就住在运河边。南丁格尔——这个时候如果碰到他，贝多斯会说什么呢？"我刚才遇见两个孩子开了一辆板条箱车。"贝多斯继续往前走，脚下的斜岸十分陡峭，因此他路过的时候，那几棵枝繁叶茂的柳树只在他眼角余光掠过便消失了。一只黑猫从腐朽的栅栏空隙中猛地蹿了出来，这是今晚遇到的第三只猫了。贝多斯停下脚步，注意到了别的动静。水里的倒影怎么回事？明亮的方形窗棂摇摇晃晃，像是被一只无形的大手拉扯着，变得奇形怪状。肯定是有什么东西或者人落水了。

"伊万！"

他大声喊着伊万的名字。俄国人、运河、自杀！他朝着空无一人的街道叫喊，用力挤过栅栏上窄小的缝隙，跌跌撞撞地跑下去，破碎的喊叫声在空中回荡。贝多斯滑到底部后，一把抓住树枝和灌木稳住身形，一手在口袋里摸索哨子，一边在想，兜里没有，可能是忘到哪里了，这可真是职业污点。伊万啊，伊万，真是服了你了，这又不是丰坦卡河[①]，着急跳什么跳？他扯下自己的雨衣扔向身后，拽下鞋子，抓起手电筒（好歹有一次记得拿），照着水面搜寻伊万的踪迹。水面上泛起涟漪，四散开来，中心点离水边不远。他朝着对岸那些高层住宅发出绝望的求救声，同时抛下手电筒，跳入水中。隆冬的河水冰冷刺骨，贝多斯发出撕心裂肺的吼叫，无边的寒意冲入皮肤，带来尖锐的痛楚。他快要承受不住，打算上岸。但他还是继续往深处游去，视线受阻，只能凭着感觉摸索搜寻，迎接他的只

---

① 俄国圣彼得堡附近河流。

有无尽的黑暗。尽管如此,他感觉到这里的水只有两米左右,并不是特别深。贝多斯继续摸索着,搜寻着。他已经缺氧,心脏快要炸裂了,于是一下子冲出水面,不住地猛咳,大口喘着气。怎么还没人来?他得带着手电筒下去。贝多斯上气不接下气地喊了几声,又钻入水中。他边游边找,边游边找,直到手里的灯变得忽明忽暗。突然,他碰到了什么软软的东西,条件反射让他一下子缩回手,还不小心呛了一大口水。他手里抓到了什么,感到有动静,还在挣扎,试图摆脱他的手。他抓的方式不对,但没时间调整,毕竟从来没有过下水救人的经历。他们一起不断下沉。贝多斯用力拉扯着,使劲蹬腿,在水中乱抓——下巴、肩膀,抓住了。现在得上岸,必须上岸,冲破水面上倒映的烟火。向上,沉下去一点,再向上。衣服吸水之后很重,这会儿可不是在斯特里汉姆公共浴池中穿着泳裤游泳了。几厘米了,还差几厘米就能到达水面——但他拖着伊万,几厘米都变得遥不可及。他想,干脆不管他了。不行,已经胜利在望了。终于他钻出水面,大口大口喘着气,嗓子像针扎一样疼。贝多斯筋疲力尽、全身酸痛,双腿完全脱力了。他想……立刻……上岸,干燥又满是沙土的岸边,伊万也不知是死是活,反正就算他不泡运河水,也已经在酒缸里泡得透透的了。管它是摄政运河还是联结运河、莫伊卡河、丰坦卡河还是叶卡捷琳娜运河!突然他的肩膀碰到了什么东西。靠岸了。

他自己先爬上来,再把伊万拖上来,将他翻了个面,瘫倒在他身上,不住地颤抖,气喘吁吁。他当时尽全力喊人,几乎声嘶力竭,怎么还是一个人都没来?不能就这样让伊万死掉。他用尽全力抬起身子,软绵绵的胳膊在伊万的背上按压。游泳确实不是贝多斯的强项,在接近零度的冰水里更是艰难。他在心里念叨着,一、二,停。挺住啊伊万。一、二……

突然,好像一颗流星砸中了脑袋,贝多斯眼冒金星,周围似乎一下子亮堂起来。他晕晕乎乎地想,核弹头砸下来了?接着就昏了过去不省人事。

南丁格尔看着马金迪先生就想起了胖乎乎的银毛小仓鼠,不过他其实更像一把圆滚滚的银茶壶,壶嘴儿冒着蒸汽,尤其是他说起话来滔滔不绝,为人温和有礼,又极其讲究,浑身充满复古气质。不过南丁格尔对这些表面特征是一点儿也不信的。马金迪毕竟是精品珠宝、艺术品和古董行业的领军人物,如果谈生意只靠这一副和蔼慈祥的样子,根本不可能达到如今的地位,即使达到了,也很难稳坐泰山。马金迪就像一只圆润的家养小仓鼠,无框眼镜背后的眸子一眨一眨的,口中的俏皮话源源不断,头微微低着,显得彬彬有礼。然而,温和无害的面具透着瑕疵,掩饰着刻薄和虚伪，也掩饰着得到意外之财后的欣喜若狂。马金迪正在表达自己的震惊和遗憾，南丁格尔却捕捉到了明亮镜片之后的那一抹精明敏锐。南丁格尔觉得马金迪的陈述虽然不长，但却很真心实意。马金迪得知卡鲁金夫人的死讯时说：太可惜了。但感叹中闪过一丝如释重负，不是满意的释怀，而是好像发自内心地对自己说：幸好。

马金迪先生伸出他的短腿来烤火，说："警方真是神通广大。您是怎么发现卡鲁金夫人曾是我们的主顾的？能否满足一下鄙人的好奇心？"他带着礼貌的微笑，说到这停顿了一瞬，隐晦地瞥了一眼南丁格尔。"啊，我忘了，这是内部机密。唉。"

马金迪正了正脸色。"可是夫人。"他低声说道，"天哪，真是可悲可叹！就好像一个时代终结了。曾经多么辉煌的时代，我们如今再也看不到如斯盛景了，先生，再也看不到了。"

"确实。"南丁格尔语气平淡。这种"时代终结"马金迪肯定见多了。他接着问："你刚才说公爵夫人曾是你的顾客，你的意思是很久以前是？"

马金迪先生满面笑容地眨眨眼："她是我们的老主顾了。我们最近一次拜访她是上周。"

"布莱特路吗？"

"当然。"

"你竟然知道这个地址。"南丁格尔说。

马金迪先生笑了笑,一脸狡黠。"我本来不知道,我承认。后来夫人写信给我,我才得知。"

"写信?邮寄给你的?"

"邮局很大方,赊账也把信寄了过来。但公爵夫人没有在信封上贴邮票。"

"我知道了。信什么时候到的?"

"大概十天之前——就放在我办公室里。"马金迪先生顿了一下,继续说,"她在信上说——您也应该能猜到——想出售一些珠宝和贵重物品。"

"她以前也卖过这些东西给你?"

"20世纪20年代初,她刚来英国不久,确实处理过一些物件。我记得有一颗高档钻石、一枚红宝石胸针,还有一块珐琅表,应该是伊莉娜夫人的遗物。那次是除了上周以外她唯一一次需要我们的专业服务。当然,在彼得堡时我对她就有印象。"

"哦?你去过彼得堡?什么时候?"

"19——我想想,1911年到1912年的时候,我在彼得堡待过。我父亲是一个有大智慧的人,富有远见卓识。他是瓷器专家,但我却对珠宝情有独钟,这份热爱一直未曾改变。我父亲在我还是孩子的时候就注意到了我对珠宝的偏爱,并且给了我很多鼓励。他很伟大,也很开明,不是那种独断专行的家长。他送我出国,让我受益良多。先后去过法国、德国、俄国——很难忘。"

"在彼得堡的时候你见到了……"

"法贝热。一代大师,很有魅力,人也是和蔼可亲。当然,还遇到了其他名匠——布里钦、赫列布尼科夫、提兰德,我有他们所有人的介绍信。但是,警察先生,法贝热是与众不同的。那时我主要师从威格斯顿,亨里克·威格斯顿,他是法贝热的工艺师,在我眼中他是其中最出色的一位。"

"那公爵夫人呢?"南丁格尔试图把对话引回正题。

"哦,对!就是那段时间我注意到了卡鲁金家族。威格斯顿有一位德国助手叫迈克尔·库普,我记得当时和他一起去了卡鲁金住的宫殿,是我莫大的荣幸。先生,你真应该亲眼看一看卡鲁金的宫殿!那个时代已经不复存在了,那种极致奢华是现在的年轻人完全无法想象的!"

"你去了宫殿……"

"啊,是的。宫殿是谢苗·卡鲁金在叶卡捷琳娜时期所建,后来每一代都会为其添砖加瓦——比如私人剧场、罗马浴场、温室暖房等。庞然大物!里面有两个舞厅、两个宴会厅,还有各级会客室———一个专门接待大公爵,还有一个专门接待公爵,一个专门接待级别较低的贵族等等。这些会客室备有音乐、国际象棋,还有各式水果和柠檬水一类的饮料。"

"公爵夫人呢？"南丁格尔温和地又问了一遍，忍住没有问卡鲁金家族在哪里接见商人，这个问题毕竟有些鲁莽无礼。

"夫人当时预定了十几个阳伞手柄，我们去呈上设计稿等她批准。我记得很清楚。您知道，刚开始心里肯定是害怕的。夫人本身也很有威严。但是，她跟我交流的时候说的法语，之后也是，只有这一点让我觉得她有些傲慢，别的都很好。印象很深刻。"

"你之后还见过她？"

"见过几次，还见过她丈夫塞瓦斯蒂安公爵。他以前经常找法贝热订做礼物。很多人都这样——比如他儿子伊拉利昂公爵。我记得他有一次花了几个小时给奥尔加夫人选礼物，在两个珐琅脂粉盒之间犹豫不决，不知道命名日送她哪一个好。我想年轻人嘛，喜欢这类小玩意儿。他父亲无一例外送的都是珠宝。他们结婚纪念日那天，塞瓦斯蒂安公爵送的是一整套光彩夺目的绿宝石钻石首饰。我们前一晚将礼物送了过去。当时他们正在举行舞会。第二天天一亮就在宫殿举行了庆祝集会。当时场面十分隆重奢华，到处都是玫瑰和枝状大烛台，连吊灯都美不胜收！"

马金迪先生四仰八叉地躺在椅子里，感叹着旧时辉煌。

"所以你当时看到卡鲁金这个名字，连带着对这封信也重视起来。"南丁格尔说道，"就算20世纪20年代初她没有找你处理钻石和红宝石胸针，地址也让你惊讶，你还是没有掉以轻心。"

马金迪先生低下头，说："当然，怎么可能不重视。警察先生，您也知道布莱特路什么样，肯定可以想象我心里的落差，很心酸……"

"你自己去了？亲自去的？"

"这是卡鲁金夫人的要求。"马金迪先生的眼镜架在鼻梁上，他的视线透过镜框上面落在南丁格尔身上，继续道，"当然，我也提前确认了她是不是真的住在那里。不过她现在不用公爵夫人这个头衔了。"

"你真的是自己一个人去的？"

"对，按照她的要求。而且当时我觉得夫人应该不想太引人注意，因此我没声张，坐出租到上街之后步行去的。"

"她给你开的门？"

"是的。她没有您想象中那么虚弱，也没有卧床不起。我去的时候，她身体很健康，而且精神矍铄，那么大的年龄还能保持这样的状态，很难得。"

"但我听说只有用特定的方式敲门她才会让你进去，敲的时候还要告诉她你是谁，来做什么。"

"可能是吧。她没有特别要求我这个。但我必须三点到，一分不差，不然就取消会面。她在信上写了只会在那个时候见我。"

"所以她在家等你。可以在窗户那看到你进门，也很安全。她好像每天提心吊胆的，就怕有人会发现她的踪迹，或者谋害她。如果她真的藏着一批家族珠宝……"

"警察先生，她确实藏着一批宝物。"马金迪先生一脸感叹，"但我觉得她并不是怕珠宝丢失，而是怕被抓回俄国。您也知道，她的儿子就是被枪杀的。而且在我看来她并不怕死。她跟新政权有深仇大恨。"

"但我觉得，新政权事务繁多，不会专门分精力出来搜捕那些已经逃出生天的人。"南丁格尔说，"可她一直身处高位，可能习惯了重要人物的待遇，没有想到那些军警这么快就不在意她逃到哪儿了，是否还活着。当然，大革命刚爆发不久，她确实需要保持低调，减少外出。而且来到英国后，这种生活方式已经刻在她的骨子里，改不掉了。她当时应该是直奔布莱特路去的，但这有点说不通。她手里握着的那些珠宝和财富足够保证中等小康的生活水平，而且她如果隐姓埋名会更安全。"

马金迪先生叹了口气："谁说不是呢。我那时也明白，跟在哪住没关系，一夕之间的天翻地覆，才让她心神不安。她当时要求我们——应该说要求我——对胸针的单子守口如瓶，保密条件十分严格。我们也跟她郑重保证过做这一行凭的就是诚实和保密，但恐怕这也不能让她完全放心。至于没改名字——可能是因为贵族有贵族的骄傲和坚持吧。"

"反正只要接受了她头脑不清醒的设定，逻辑也就不重要了。前后两次她都是直接找的你，因为彼得堡的经历让她觉得可以信任你。你真的……"南丁格尔重新组织了一下语言，说道，"这次你也帮她把珠宝成功卖出去了吗？"

马金迪先生飞快瞥了南丁格尔一眼："没有。实际上，这笔交易还没有最终敲定。夫人要求我们支付现金，您看，当下我们肯定是做不到。另外，我要跟我的合伙人商议之后，才能向公司上报数额如此巨大的交易，但当时他在纽约。那天见面我就跟夫人明说了，我们对她的珠宝很感兴趣，也很乐意做成这笔生意，还承诺起码这几天可以接收其中一部分珠宝，她也没有异议。您也说了，她熟悉我们公司，确实给我们增加了很大的可信度。警察先生，不管您信不信，当时那些珠宝确实是在箱子里放着的。我当时提议，在协商交易细节期间，那个箱子暂时放在我们公司的保险库或银行保存，可夫人说那个箱子她保管了四十年都没出任何问题，再多几天也无妨，这个理由无懈可击，我就走了。她还说除非她主动联系我们，我们不能以任何方式联系她。"

"那你们真的就没有联系过她?"

"对啊!第二天就收到了一封信……"

"贴邮票了吗?"

"没有。"马金迪先生态度恭顺地否认道,"这封信没有说要安排下一次会面,只说想换个付钱的方式。如果我们决定接收夫人的部分或全部珠宝,她不要现金,而是要以支票的形式全捐给贵族女校。"

"什么?"

"这种方式——您不知道——俄国贵妇和她们的家族都很支持这种慈善事业。"马金迪先生充满惊讶,"玛丽亚·费奥多罗芙娜皇后……"

"对,对。"南丁格尔慢慢冷静下来,"我的意思是,这说明她还活在过去,过去的那种俄国皇室生活中。要在英国找到符合这种特殊要求的学校应该很不容易吧?你知道她孙子伊万·卡鲁金跟她住在一起吗?"

马金迪先生微微皱着眉,面上一副惋惜失望的表情,撇了撇嘴,扭头看向一旁。"那个年轻人,应该受了很多苦。"他说,"夫人的性子没变,还是很难相处。"

"那她有没有加入英国国籍?"

"不好意思,这个我不清楚。不知道……"马金迪眼中闪现一抹贪婪,"伊万·卡鲁金,我还没有见过他,但他现在肯定十分悲痛,应该还没来得及想到自己现在的身份变化。不过我想知道……"

"他会不会把那些珠宝卖给你?"南丁格尔接话道,说完停顿了一瞬。基于对马金迪行为的分析和其商界和社会地位的了解,南丁格尔认为他可能是汉普斯特德团伙的重要人物,也可能是无辜的,非黑即白。如果他是嫌疑人之一,告诉他抢劫的事情也谈不上莽撞或泄露机密,顶多算是揭了警方的短。不过南丁格尔觉得他大概率是无辜的,是一个可靠的合作伙伴。南丁格尔行事一贯谨慎,不需要特别提醒。

他接着说:"恐怕,夫人的财物已经不在布莱特路的房子了。"

马金迪呆住了,眼睛瞪得很大。看上去他很惊讶,但南丁格尔又一次捕捉到了最初见面时他那个转瞬而逝的反应——松了一口气。为什么会是这个反应呢?

"不在了?"马金迪困惑不已,"伊万卖掉了?不可能!夫人根本不想让他碰那些珠宝,不过现在看来确实有些遗憾。啊——"他狡黠一笑,"除非,我们两个都高估了彼得堡那段经历的重要性。"

"你是说她转头跟别的公司接洽,还谈成了更划算的交易?但我们有理由怀疑她被抢了。"

马金迪闻言,沉默良久。

"真是没想到。"他最终开口说道,"怎么会这样?那,您能不能告诉我,夫人的死,是人为吗?"

"目前还不清楚。"南丁格尔回答道。过了一会儿,他问:"你知道她的箱子里都有些什么吗?越具体越好,可以帮我们确认抢走的物品。如果我们能追回……"

"当然,当然。我那天粗略地记了一下,有几件十分引人注目。我还列了一个完整的单子给我的合伙人,但没有放在家里,在办公室。您今晚就要吗?"

南丁格尔有些犹豫,这样有一定的风险。不过他还是决定要看看那个清单。"谢谢,今天不用。"他说,"明天上午就行。你什么时候方便?"

"什么时候都行,警察先生。"

"那多谢了。你能大致估算一下那些珠宝的总价值吗?"

马金迪先生瞥了南丁格尔一眼,眼神锐利。"您要这个做什么?"

南丁格尔不信马金迪不清楚他的目的,但还是解释道:"如果我们要发出悬赏的话,应该会有人提供线索。这笔钱我们肯定出不了,但可以和某个公司合作……"

"是的,是的。伊万·卡鲁金肯定得出这笔钱——"马金迪先生说到这,抬眼看着南丁格尔,眼中充满探究。南丁格尔没有说话。马金迪面上若有所思,说:"行,没关系，我会将评估结果告知您的。"

"凭记忆大概估计一下就行。"说完，南丁格尔沉默一瞬，不动声色地提醒马金迪，"你刚才提到了那些珠宝，还提到了数额巨大的交易。"

马金迪皱起眉头，双手指尖相对，形成一个尖塔形手势。"没错，但这笔生意很难做成。我热衷于各种品类的珠宝，您也知道，箱子里的东西确实是不可多得的精品。只是其中有大半很难马上找到买家。首先，现在人们的品位和时尚风潮已经变了，那些珠宝的年代很尴尬，已经魅力不再。很多都需要拆散才能保住宝石的价值，而且玫瑰钻石占很大一部分，现在已经不流行了。其次，有些饰品是银质底座，现在则流行铂金和钯金。虽然我说这笔交易数额巨大，而且要跟我的合伙人商议，但您要知道这更多的是出于责任感。"马金迪先生探身拨了拨火。

"我知道了。公爵夫人说自己有能力看好她的珠宝，你也一点都不担心吗？你当时要是能派一个保安过去……"

"哎哟我的警察先生。"马金迪先生听到这话大吃一惊，辩解道，"那个箱子和里面的东西当时还不归我们公司管呢。反正我可以肯定地告诉您，公司没了这笔生意还是可以正常运转的。我们为什么要费这个心呢？"

"我明白了。"南丁格尔说完，站起身，"非常感谢你的配合。很抱歉这么晚来打扰你。"

"不敢不敢,这是我的荣幸,跟您打交道很愉快。我明天应该没事,不过圣诞节也说不准。万一我有事不在,我让秘书将清单交给您。"

"你的秘书?是那个天气好的时候坐在废墟旁的女孩?"

"不,不,我的天,不是她。那个是科尔小姐,我员工里面最年轻的一位。一年前刚毕业就来了我们公司,是个很讨人喜欢的女孩子。她玩曲棍球,长曲棍球,十分灵活机敏。就前几天有人碰掉了架子上的《谢弗斯》[①],下面就是从苏富比拍卖行带回来的法国斯特拉斯堡鸽子彩瓷盖碗,这一对器具特别有趣,要是砸中了可不得了。您没看见科尔小姐的速度!快得像闪电,咻的一下冲过去,完美接住。您常去菲奇街吗?"

南丁格尔正在想"谢弗斯"是什么,闻言回过神来,说:"我之前在你们公司旁边的商店买过唱片。"

听到这个,马金迪先生的表情一下子变了,南丁格尔突然说句脏话都没这么明显的效果。南丁格尔决定继续这个话题。

他说:"我今晚开车从菲奇街路过的时候,看见那家店贴出了一则告示,上面写着他们的店面扩展到了废墟那

---

① 全名为 Chaffers' Hand Book to Hall Marks on Gold and Silver Plate,即《谢弗斯金银餐具纯度印记指南》。

边。"说到这他突然想到,或许马金迪对那家店明显的厌恶是因为他们买到了马金迪也想要的一块地。"那块地以前是做什么的?"

"您记得那个花匠埃利曼吗?不记得吗?唉,也是个可怜人。没能从大轰炸的创伤中走出来,精神支柱没了。他不肯重建自己的店,也不肯接受政府的战争补偿金,更不舍得放弃租赁权,倔得不行。对个体户来说那个店面确实不赚钱,所以几年前他去世以后,遗嘱执行人把它卖掉了。那个店面很小,后面没有出口,我们公司和唱片店把那家店围在中间,入口也挡住了。在伦敦这样的大城市竟然会有这种奇怪而又不合常理的建筑规划,挺神奇的。不过要是所有街道、所有建筑都方方正正、井井有条,也挺无聊的,不是吗?伦敦看上去一团糟,但内里却有一颗跳动的心。"

"说得没错。"南丁格尔说,脑海中想着都市区熙熙攘攘的中心地带。

马金迪先生说,"如果夫人的珠宝已经归我们所有,我可能会去旁边的唱片店一趟。她的收藏中有两张旧唱片,年代很久远,唱片店的人肯定会感兴趣的。这两张唱片是从俄国带来的,她那天拿给我看,说这是她的最爱,但没有留声机可以放,不如让我一起带走。没想到她能一直把唱片保存这么久,还挺感人的。"

"她喜欢音乐?"

"是热爱,警察先生,她热爱音乐。这是维斯尼茨基家族一脉相承的爱好。夫人的兄弟谢尔盖伯爵,真是风度翩翩,我永远都忘不了他那些手杖。说起这位伯爵,他的唱片收藏在当时特别出名,当然,那会儿唱片刚刚流行起来。塞瓦斯蒂安·卡鲁金公爵和他一样都热衷于唱片,但公爵的动机并不纯粹。"马金迪先生抬眼看了一下南丁格尔,想试探他对这样不光彩的贵族秘事的接受程度。"他其实是因为不甘落后于谢尔盖伯爵,才热衷于此。还专门把温室改建成了一间工作室用来储存和播放他的唱片,麻雀虽小五脏俱全。"

"那他除了这个还有什么别的消遣?"

"那就只有铁路了,铁路建设。"马金迪先生解释道,语气中带着他自己都没有意识到的嘲讽,"舞会和宴会所用的水果和鲜花可以从南方的庄园由专供列车运送,速度很快,底下有冰块保鲜。"

"那你记得公爵夫人收藏的是谁的唱片吗?"

"我没有留意。让我想想。好像是奥林匹娅·波若纳特,您听说过吗?我也可能弄混了……"

"有可能。俄国女高音。那首歌叫什么来着?《夏日的最后一朵玫瑰》?"

"这个我就不记得了。另一位歌手是谁来着?手写标签，上面是一个男人的名字，还是法语。我记得这个名字让我想到了香烟……"

"是不是——德雷什克？"

"您真是太了不起了。真厉害！就是他，让·德雷什克。"

"真的是他！"南丁格尔的声音猛地高八度。

"他很出名吗？我是真的没有听说过。"

南丁格尔一脸不可置信地看着马金迪。要说年轻人没听说过让·德雷什克他还能相信，除非是对这方面特别有兴趣的。因为1914年以前，塔马尼奥、莫雷尔和德雷什克这些歌唱家的名字仍是家喻户晓，社会公认的天赋异禀，不亚于如今的 W. G. 格蕾丝和凯赛尔·比尔，这是时人给予他们的评价。那个时候马金迪还年轻，正是乐于接受新事物的年纪，不应该一点儿没听过。

"只要找对了买家。"他说，"一张让·德雷什克的唱片能抵得上夫人一件珠宝了。"

"真的吗？他的作品这么出色？"

"我也不知道。"南丁格尔语气温和，"德雷什克去世的时候我才七岁，那时他名气很大，但他的唱片却是物以稀为贵。我不知道他自己有没有录唱片，或许是他私下录制，没有公开。对了，他不是法国人，是波兰人。"

"啊，看来您也是行家。我就不太懂音乐，欣赏不来。但您说——现在那些小偷也能慧眼识珠了，还是比以前精明了？唱片也被偷走了吗？"

"如果他们去的时候唱片还在屋里，那就是他们拿走了。我们去的时候没发现有唱片。但这也不代表他们知道唱片的价值，要知道才怪了。"

"早知道就不告诉您这个了，南丁格尔先生。我明白，您肯定有些失望，毕竟差一点就可以亲耳欣赏了。"

南丁格尔笑了笑，没有否认他的话。马金迪嘴上不住地说着客气话，将南丁格尔送出了门。

离开了马金迪家里炽热的炉火和柔软的地毯，就觉得外面比之前更为寒冷，让人不住发抖。马金迪狡猾如狐狸，又温顺如仓鼠。面上看着温和友善，说话时短句较多，言辞比较老派，情感不会太过外露。但这些表象就好似一层盔甲，让南丁格尔这位不速之客难以窥见马金迪内里的精明狡猾和冷漠无情的重利本质。换句话说，这些表象就像一张人皮面具，经过多年的磨合，已经与原来的脸面融为一体，难以分割了。

如果马金迪只是用这样的假象来掩饰自己的贪心，那也无伤大雅，不过南丁格尔仍觉得马金迪有所保留。如果马金迪真的参与了抢劫，他会一股脑儿交代这么多信息吗？不过也不是没有可能：他发现警方已经找到了他和布莱特路的联系，所以决定谨慎行事，干脆承认自己去过，这本来也是没法否认的，并且暗自希望警方那边的线索不会推翻他给出的解释。除了马金迪的合伙人以外，没人能证实他的话，但他们充其量只能算是污点证人。如果合伙人是清白的，那是否可以推断那张清单确实存在呢？如果不是，马金迪会不会现在就去办公室捏造一张？明天早上还要拿出两封奥尔加夫人写给他的信。邮票的事儿——或者说信上没贴邮票有点蹊跷，马金迪可能在撒谎。有些人急于粉饰自己虚构的故事，想让它看起来更真实，就会使用这种伎俩，到头来往往都因为谨慎过头而露出马脚。即使马金迪是为了掩饰没有邮戳的事实，难道他忘了没有贴邮票也不代表就不给盖邮戳吗？而且另外的邮局印刷记号可以用作收取这两项费用的凭证。况且，有几间邮局会存放信封呢？

然而，南丁格尔决定先不管这些，暂时相信马金迪是无辜的。跟马金迪打交道的时候他会谨慎对待，仅此而已。如果马金迪提供的信是伪造的，那么警方迟早会发现的。在这期间，马金迪照样挣钱，自觉高枕无忧，不大可能会逃出英国。

这时，南丁格尔想到了贝多斯，不知道他那边怎么样了。他走到一个电话亭里面，可以暂时替他抵挡严寒，心情也不禁明媚几分。如果这个案子还需要长时间的监视工作，那不管是谁，衣着肯定要合适，得扮成守夜人那样，再加上火盆和帽子就更完美了。要是这点事情也想不到或者办不好，就该自觉辞职走人。

他拨通电话，瞥到了镜子里自己的脸。为什么电话亭里的镜子都带有这种恐怖的炫光？显得人面色青灰，脸上的缺陷被放大，变得丑陋恐怖。办公室电话接通了，他按下接听键，自报家门之后，还没来得及说什么，电话那头连珠炮似的传来一大串话——贝多斯，运河，喝多了，圣托马斯医院。南丁格尔没有再继续听，而是放下听筒，缓缓深呼吸几次。他推开电话亭紧紧关着的门，站在原地犹豫不决。他刚才没想到问贝多斯伤得重不重，问了也没用。圣托马斯医院，得赶快去，这才是重点。他立马冲出电话亭，顺着马路跑了起来。傻子，混蛋，白痴！他心里数落着贝多斯，急忙拦下一辆慢慢悠悠正在揽客的出租车赶往医院。

贝多斯挨了狠狠一记敲击，好在没有受重伤。他现在面色惨白，穿着皱巴巴的褪色病号服，跟平时的样子大相径庭，说起事情前因后果的时候声音还止不住在颤抖。南丁格尔也不再拦着他自嘲，因为贝多斯现在特别想找个地缝儿钻进去，身体不适倒没那么重要。

"最崩溃的是，"贝多斯嘟囔着，"醒来之后发现一只该死的巡回犬对着你汪汪叫，还闻来闻去的，好像在闻一只肥山鹑。巡回犬吃山鹑吗？"

"挺聪明的一条狗。"南丁格尔说。

"是啊。"贝多斯闭上眼，"小孩子肯定喜欢看这种节目。一条狗救下一个支气管肺炎发作的警察，可惜那条狗没有早点出来散步，这样就能看到那些人把糟心的伊万怎么样了；可惜那条狗不是一条猎犬，不能追踪气味。对了，伊万呢，我们怎么办？"

"这个你就别担心了。"南丁格尔说。

贝多斯睁开眼说："我没事。"

"你这是没事儿的样子吗？"南丁格尔觉得得多给贝多斯泼点冷水。

"我以前都是西装革履，你就是不习惯我穿病号服而已。"贝多斯说，"又年轻又脆弱的我。"

"行吧。我们现在要仔细搜查伊万的下落，另外，还要打捞运河，以防那些人又把伊万扔回去了。"

"那他们才是疯了。我好不容易才把他捞上来。"

"你告诉我们运河的事情之后，那帮人应该不会再在那杀人灭口了。他们应该知道你会醒过来，但他们也不能在那等着你醒，应该也没打算直接干掉你以绝后患。而且，要是被人发现岸上有尸体，这条运河会被推到风口浪尖上，他们可不想这么高调。"

"我还真的没想到他们竟然没有把我们两个都扔下去，一了百了啊。"

"可能是因为没找到能绑在你身上的重物，这样不好沉底。"南丁格尔的语气十分镇定，"但这点在伊万身上就说不通了。假如他们先打晕了伊万，然后把他扔进河里，但没有绑重物，尸体迟早会浮上来。看起来好像是心血来潮作案，而且动作还一定要快。但我总觉得，他们不是碰巧遇到伊万就决定立马抓住机会做掉他，这种可能性不大。就算他们一直在找伊万的下落，怎么知道他走的哪条路？假设他们在跟踪伊万，那应该早就看到你了，不会铤而走险才对。如果打捞之后没有找到伊万的尸体，那他可能是被掳上车带走了，不然扛着湿漉漉不省人事的伊万也走不远。但如果是这样的话，可以一开始就开车跟着伊万啊，这样的话要把他塞上车也更方便而且不惹人注意。"

"刚开始我以为伊万要自杀。"贝多斯的声音透着疲倦无力，"现在想想你刚才所说的，不可能是自杀。怎么知道伊万到底在不在河里呢？我教你啊，舀上来一杯运河水，送去分析，哎，要是有5%的酒精含量，那他肯定在里面，等着捞上来就是了。简直就是圣诞彩蛋！"

南丁格尔站了起来。"我得走了。"他说,"你的人呢?"

"医院的人通知过他们了。没事。他们心里有数,不会大惊小怪的。哎,等一下,你知道我被袭击的时候想到什么了吗?特别蠢,超级疯狂。"贝多斯停顿了一瞬,看着床尾,"我以为又开战了,砸中我的是一枚导弹。"

南丁格尔注视着他,一言不发。"是吗?"最终他低声说道,"唉,可怜的老贝。"

南丁格尔从床尾储物柜上拿起手套,带掉了底下压着的一张小卡片,捡起来一看,是医院的病历卡。

"哎哟!"他看着卡片上唯一的手写字迹,惊叫道,"你的名字是乔纳森?"

"又不是我自己起的。"

"你知道我叫什么吗?"南丁格尔问。

"布雷特。"贝多斯没好气地说道,想知道自己的名字差在哪里。

"其实是那个缩写的第二个字母。"

"我记得——D.B.A.N. 嘛,看过无数遍了。那 D 是什么缩写?杀了我算了!好想笑——不行——我的头要裂了——"贝多斯扶着头,发出痛苦的哀号,还不忘笑。

"再见了。"南丁格尔说着,有些懊悔,"不应该跟你说这些的,对不住了兄弟。但你说得没错,咱俩的名字合起来就更好了,名字里面又有'晚上',又有'床'①。"

走的时候他看到墙上钟表的指针走到凌晨五点。

---

① 男主的英文名字为 Nightingale,贝多斯的英文名为 Beddose,因此名字里面分别含有 "Night"(晚上)和 "Bed"(床)。

第二部分

12月23日

第二天早上,南丁格尔来到马金迪的办公室,这间屋子不算大,有些凌乱,坐落在这栋楼的走廊尽头。看得出来,马金迪还是初级合伙人的时候,就挤在这几间小房子里,出于习惯,也是出于不舍就一直没有换过办公室。顾客进入店面后,看着豪华奢侈的装潢和价值不菲的商品,肯定会眼前一亮、惊叹不已,不由自主地小心翼翼起来;而到后面看到这些小房间配备着复古家具,会让人慢慢放松下来,缓和心情。虽然公司主营珠宝、艺术等奢侈品,但这间房子似乎代表着公司聚焦注重隐私的家族业务,秉承诚信有礼的宗旨,力求给顾客提供最高水平的私人服务;在这里可以为谈生意营造一种更加慷慨和乐的氛围,让顾客觉得轻松随意、宾至如归。马金迪走进这间小巧玲珑的办公室坐下,就像一只胖乎乎的仓鼠在纸搭成的窝里穿行，这是他官方形象的另一重色彩。南丁格尔不禁想到，要是一只活仓鼠被带进来，撕掉马金迪的信件，塞进它的颊袋里，鼓鼓囊囊的，多有意思。

"啊，南丁格尔先生。"马金迪微微一笑，显得慈眉善目，"早上好。您知道，在我看来，缩短晨间问候恰恰证明了人类在进步。打个比方，在今天这样的日子说'祝您早上好'就有些多余，毫无意义。外面的天气多好，不用再'祝'了。然而'早上好'是对事实的热情肯定。我觉得，天气不好的时候说'祝您早上好'是表达一种奢望，但其实把'您'换成'我们'会更贴切，显得更感同身受一些……"

"在英国，"南丁格尔努力维持着自己的耐心，"问候其实可以无关天气状况，只代表希望早上工作一切顺利。"

"有道理，警察先生。那我们，谈正事？"他从一个烟灰色迷你狒狒石雕摆件下面拿出一张纸。南丁格尔的眼神从那个有趣的小玩意上移开，看向旁边放着的一本书——《平民之法》。南丁格尔有些惊讶，没想到马金迪会看这种书。

"您要的清单。"马金迪说，"米利特夫人，我的秘书，她重新打了一份出来。我自己写的那一份有很多技术细节，对您来说这样的整体描述可能更有用，方便辨认。

我省去了克拉数、重量等。还有，您看，外行人可能不熟悉有些硬石和其他材料的名字，我就把颜色加上去了。比如说这个蔷薇辉石……"

"粉色？红色？"南丁格尔猜测道。

"啊，南丁格尔先生，原谅我问一句，难道每个都市区的警员都懂希腊语吗[①]？那黑曜石和鲍文玉呢？更不用说玉髓浸染后的变色了。"

南丁格尔默默想，今天得到的教训就是不要炫耀。警员，希腊语——记下了。他怎么就忘了，马金迪比他至少早二十年就开始练嘴皮子了。

"这个，"马金迪接着说，"是我自己写的那份清单——您可以对比一下。"说完，南丁格尔清清楚楚地看到他眨了眨眼。

南丁格尔只能微笑。这两份清单字体工整漂亮，分门别类罗列得清清楚楚，根本想不到它们竟然诞生于如此随意混乱的环境。"全套首饰，含项链、耳饰、手链，镶嵌明亮式切割方钻（巴西产）、方形绿宝石（西伯利亚产），金质底座。"这是塞瓦斯蒂安公爵送给夫人的结婚纪念日礼物吗？"Rivière"[②]——这是什么？——"多颗明

[①] 马金迪说的蔷薇辉石（Rhodonite）为希腊语。
[②] 流行于18、19世纪欧洲时尚界的一种项链款式，由多颗宝石由小至大排列成涓涓细流状而得名（Rivière，法语意为河流）。

亮式切割大圆钻连成河流状项链,有配套银质耳饰;头饰镶嵌明亮式切割玫瑰钻石;胸针镶嵌红宝石、珍珠和绿宝石"。紫水晶、黄玉、绿松石、蓝宝石、碧玺、猫眼石、钻石,又是钻石;吊坠、别针、戒指、羽饰、头冠;读到这些字眼,脑海中就会闪过这些宝石和饰品种类的图像,像过电影似的。"金烟盒,辐射线纹路,鹅蛋形蓝宝石按扣,9厘米,刻字H.W.;金质盒子,机械开关,珐琅纹镶嵌半透明皇室用蓝钻、白钻和玫瑰钻,彩金框,15厘米,刻字M.P.;西伯利亚翡翠烟盒,黄色金框,合页镶嵌圆形红宝石和玫瑰钻,8.2厘米,刻字H.W.。"

"这些刻字是什么意思?"南丁格尔的声音莫名有些低沉。

"H.W.和M.P.吗?那是工匠名字首字母缩写。代表亨里克·威格斯顿和迈克尔·佩钦。也有其他工匠。"

"噢,威格斯顿,你的老师。"

马金迪什么也没说,却面带喜色,因为他留意到南丁格尔对那个清单有所触动。也可能他的沉默只是担心言多必失。南丁格尔继续研究这张纸。光盒子和烟盒就够夫人在她脏乱的小屋子里开个小商铺了,这还没算印章、火漆勺、香水瓶、扇子、袖珍眼镜框和其他一些小物件。这些东西乱七八糟的,南丁格尔觉得有些迷惑。

"她为什么要带走这些小物件?"他问,"舍不得?"

"当然不是了,警察先生!除了那些珠宝,清单上的所有东西都是金子做成或是镶金的。夫人的目的很简单——带走最值钱的东西。要是能提前预知现在的流行趋势,哦,应该说时尚,时尚的流行趋势,她一准儿会带走法贝热的那些半宝石工艺品。宫殿里多的是,像那些阳伞手柄啊,我昨晚跟您提到过。"

"清单上的也不全是法贝热的工艺品,对吧?"南丁格尔说,"这个是什么——'路易十五椭圆金盒,镶嵌宝石,珐琅工艺'……"

"啊,对,里面有几件十分有意思的古董,珠宝里面也有些是古董。不过一定程度上来说,时尚就是一个圈,大多数旧首饰都会在将来某个时刻再度流行起来。但只有一小部分家族首饰能重回时尚前端。我找一找——啊,这里,您看。'18世纪末花式喷雾瓶,密镶玫瑰钻石,银质底座'。还有这——这些耳饰。还有这只珐琅表,十分精美。"

南丁格尔点点头。"还有让·德雷什克的唱片!能让我看一下公爵夫人给你写的信吗?"

"当然。我怕忘了,就一直放在手边。需要的话,您可以拿走。"

"谢谢。"南丁格尔说着,无奈地看着马金迪圆润的指腹在信上留下了好几个印记,不知道马金迪有没有注意到南丁格尔还没取下手套。他快速扫了一遍信，内容比便条要长一些。"法语！"他惊呼出声。

"夫人跟我说话都是用法语，也不知道当初是为了方便她听还是方便我说。"

"你提过这个。但那个时候忘记用法语也情有可原。"

"没错，但她没忘。是不是很了不起？而且您看，她很多年没说法语了，有些生疏。不过这也很厉害了。"

"是的。"南丁格尔迅速把信和清单放进钱包里。他叠起清单的时候，又扫了一眼马金迪的估价。他下意识觉得这个估价有些保守，但想到里面有蔷薇辉石这种比较便宜的材料，便未予置评。不知道一个法贝热迷愿意为这些作品出价多少？南丁格尔不信汉普斯特德团伙计划得如此缜密只为了抢些金饰，上面的珐琅还可以直接剥下来。他们有专门的地方卖掉这些艺术品，贝多斯不屑一顾的那些闪亮瓷器应该就是在那转手的。这说明，虽然昨晚他费大力气安排下去的监视并未取得可喜成果，但也没必要为此太过伤神。因为待转手的艺术品可能还在英国境内某个地方藏着，甚至有可能就在伦敦。珠宝他就不抱希望了，可能已经拆碎卖出去了。

拆碎——这个词浮现在脑海，瞬间生出回响——南丁格尔想到了克里斯蒂娜的浮雕胸针和还没准备好的圣诞礼物。两者之间如此明显的关系，他怎么没有早一点想到呢？

"你们卖浮雕胸针吗？"他问马金迪,并没有意识到自己在做什么。

"贝壳的吗？"

"什么？"

"您是说贝壳浮雕胸针吗？"

"不好意思,我也不知道。"南丁格尔谦逊地说。马金迪歪头表示怀疑。"就普通的浮雕胸针。"他补充道,听着有些底气不足。

"啊,那贝壳的绝对没错。"语毕,马金迪拉开书桌抽屉,拿出一个盒子。"您看这个。"马金迪说着,打开盖子拿起一个戒指,"这是一件玛瑙浮雕的精品。浮雕是雕刻术语,可以刻在任何宝石或石料上。您看这儿,颜色深浅不一,很有层次感,看起来更加栩栩如生。"他将这个戒指递给南丁格尔。

南丁格尔想,确实是赏心悦目。浓重的金色和淡淡的红色交织在一起,罗马人头像的细节一丝不苟,十分精美。"这不是罗马人吧,这个头像？"他问道。

"不是,只是一个文艺复兴风格的古人头像。指环是19世纪初期的。您戴上试试,南丁格尔先生。"

"噢！"南丁格尔急忙解释,"我不是想——唉,我的意思是,我就是单纯的欣赏。"

"哎呀,我知道,警察先生!"马金迪一脸意外,继续劝道,"但真的,您试试,都拿在手上了,为什么不试试呢?"

南丁格尔依言照做。戴着很合适,也很合心意。

"好看啊,南丁格尔先生,非常好看。"马金迪连连赞道,几乎要鼓起掌来,"您的手太适合戴戒指了。好了好了,就戴着吧。您看,您的手很大,形状也好看,手指细长,比例正好,再配上一枚合适的戒指,更能凸显男子气概,衬出手的优点。"

南丁格尔也觉得戒指很衬人,但一想到贝多斯看见这枚招摇的戒指之后目瞪口呆的样子,就觉得害臊。马金迪给的清单上还有一个彩色石料是什么来着?哦,对,紫红玻璃,跟他现在的面色肯定如出一辙。他把戒指还给了马金迪。

"您刚才说,"马金迪说,"想买贝壳浮雕胸针?"

南丁格尔默不作声。他的原话不是这么说的,但也没意识到刚才的那个问题很容易让人多想,结果将他自己置于现在这个尴尬的境地。如果马金迪与他正在调查的案子有牵连,他就不该与马金迪有任何私下联系,金钱交易就更不应该了。但赤裸裸的事实无情地摆在眼前——即使马金迪是无辜的,也已经牵连其中了。然而如今离圣诞节只剩下不到两天,他又决定要送克里斯蒂娜一枚浮雕胸针,况且他也不确定自己什么时候、到底会不会有时间专门去买,圣诞节之后再补送肯定会让她失望的。这里除了马金迪没人认识他,也没人知道他的目的,马金迪也不会四处宣扬他来过。

"是的。"他不再犹豫,"我是想买一枚胸针。"

"我们这有各种胸针供您挑选,但都是二手的,这您应该知道,您介意吗?那行。不过我得出门一趟,恐怕没有时间招待您。我安排伊曼纽尔先生来为您服务。"

马金迪先生把戒指随手放在桌子上,似乎毫不在意,之后带着南丁格尔走出去。沿着走廊经过很多间办公室,一间比一间大气,最后来到富丽堂皇的商店里,仿佛置身于教堂之中。马金迪脚步轻快地朝着一位衣着考究、皮肤黝黑的男人走去。

"伊曼纽尔先生。"他低声介绍,"这是南丁格尔先生,想看一看贝壳浮雕胸针,你招待一下。"接着转身对着南丁格尔说:"不好意思,警察先生,我现在得走了。如果您后续还需要我配合,随时恭候。"

马金迪满面笑容,模样宽和,将南丁格尔托付给伊曼纽尔之后便哼哧哼哧离开,活像一辆旧式蒸汽火车。

伊曼纽尔先生十分干练,动作麻利地将一托盘浮雕胸针放在陈列柜上供南丁格尔挑选。克里斯蒂娜对她妈妈的胸针如此爱不释手是因为喜欢简约的镶金边,那些有精美镶边的就排除在外了，但符合要求的又不够赏心悦目。他抬头正准备询问是否还有其他款式，就看到一位年轻姑娘悄无声息地走过来站在伊曼纽尔先生身旁。南丁格尔一下子就认出了她：是那个金发女孩，曾在阳光灿烂的午后坐在商店旁的废墟上，是马金迪口中那位最年轻的员工，资历尚浅的临时工——科尔小姐。

她正小声跟伊曼纽尔先生说着什么，南丁格尔只听到了只言片语："电话……青金石展列……路易……"伊曼纽尔面上浮现一抹焦急，语气恭敬地跟南丁格尔道歉，说要离开一会儿。

布雷特十分高兴与科尔小姐独处。之前远远看到她的时候就想肯定有机会可以近距离欣赏她的容颜，不过他也没有执着到特意去找她。如今，他的想法实现了，而且近看比遥遥一瞥更添美丽，能够一睹芳颜让他很是心满意足。用俏丽形容她远远不够。她的颧骨高耸，宽窄合宜，承托着一双灰绿色的深邃眼眸。眉毛斜斜上挑，干净利落。鼻子小巧挺翘，嘴唇上薄下厚，嘴巴大而不失精致。一般来说，沉闷冷漠或无精打采的表情会让姣好的容貌黯然失色，但她满脸的青春活力让她容光焕发，且将各有特色的五官完美调和，显得妩媚动人。肌肤上覆盖着一层软软的小绒毛，脊背曲线优美，一举一动充满了生机与活力，显示着她的朝气蓬勃、身体健康。布雷特猜她应该不超过17岁。

然而这个时候,他没有忽略科尔小姐脸上有些愤怒和怀疑的神色。她站在那里一动不动,手扶在陈列柜边缘,没有和布雷特对视,瞥一眼都没有。实际上,她好像一点都不乐意接待他。

"我想要的胸针大概这么大,"布雷特说,"镶素边,不要只有一个头像的那种。原本的那枚上面是两个女孩跳舞的图案。如果有类似的,能拿来给我看看吗?"

闻言她的脸色更难看了,站在那沉默了几秒。布雷特看她不动,正打算说点什么催她。紧接着,虽然还板着脸,她还是很快走到一个雅致的陈列柜前,打开柜门,拉出一个小托盘,挑出一枚胸针递给布雷特,但她始终一言不发。

他本来已经组织好了语言要讽刺一番这少得可怜的选择,但注意到她的手在微微颤抖,便什么都没说。他看着她,慢条斯理地接过那枚胸针。科尔小姐时不时紧紧抿着嘴,牵动脸颊的肌肉。布雷特突然意识到她脸颊红润可能不全是因为身体健康。他的目光频频从胸针落到她身上,让她很难忽视,感到有些局促不安,突然之间布雷特对她有了新的认识。原来只是因为她的眉毛线条很凌厉才显得满脸怒容。她很年轻,资历最浅,现在又忐忑难安。

"谢谢你。"他说着,看向手上的胸针。

图案在椭圆的贝壳上徐徐展开,女神戴安娜挎着弓,背着箭,驾驶战车掠过广阔无垠的天空。疾驰的马儿四蹄翻腾,马颈弓起,长鬃飞扬。女神身体后仰,束起的卷发随风飘扬,身后隐约可见的披风迎风舞动,仿佛猎猎作响。后方靠下坠着一颗星星。布雷特看到这枚胸针的第一眼就被它扑面而来的磅礴气势所吸引,细看之下也是精美绝伦。女神的面容刻画得很清晰,显得高雅纯洁、国色天香。

"您喜欢吗?"身旁传来伊曼纽尔先生的声音。

"喜欢。"布雷特猛地回神,抬眼看向他,将胸针放在陈列盒上。

"这也是一枚精品。"伊曼纽尔先生拿起它,"贝壳的材质也是上乘,很适合用来雕刻这种题材的图案。大多数贝壳都是以褐色为主,但这一枚的深灰色,完美契合了夜空的深邃。"

他朝着灯举起胸针,向布雷特展示其纤薄程度,图案从反面看就像黑色窗花格。布雷特激动得身子微微颤抖。这一枚克里斯蒂娜肯定会更加小心珍重,不可能让同样的悲剧重演。

"按您的要求,没有边框。"伊曼纽尔补充道。

"那这个是什么?"

"噢,那个是用来固定整块贝壳和支撑别针的。您可以跟这款对比一下。"伊曼纽尔指着另一枚有一圈巨大雕花金边的胸针，中间的浮雕部分都挤成一团，好像要陷进去一样。

"这一种确实不是我想要的。"布雷特语毕，朝科尔小姐笑了笑，示意两人他很感谢科尔小姐帮他找到了心仪的胸针，但这会儿她正看向别处。布雷特拿出支票簿，边写日期边问："多少钱？"

"十五英镑。"伊曼纽尔停顿了一瞬，回答道。

"您买的这枚金子含量较少，因此比那种边框繁复的便宜一些。需要给您包起来寄回家吗？"他最后补充道，音调有些尖锐。

"好的。"布雷特忍住没有语气特别强烈地说出"当然要"。伊曼纽尔眼神毒辣，肯定留意到了他听到价格之后犹豫了不短的时间才继续下笔。布雷特快速写上马金迪的名字、价格和自己的签名，又在支票背后写上了家里的地址，递给伊曼纽尔。伊曼纽尔稳稳接过，又把科尔小姐包装好的胸针递给他，包裹简单漂亮，拿在手上没什么重量。交易完成。

布雷特强迫自己将窘迫抛之脑后，谢过科尔小姐。这一次她与他对视了，布雷特感觉她的目光中带着一丝好奇，便打定主意对她微笑，想看看她严肃的表情会不会有所变化。但这时伊曼纽尔对科尔小姐挥了挥手，让她离开了。

"天气真不错。"伊曼纽尔一边说,一边将支票递给经过的售货员,示意他尽快寄出。"不过可能快要变天了,阴云密布的时候就快下雪了。幸运的话,圣诞节应该会是一片银装素裹。"

"是的。"布雷特语气平平,不是那么热络。他没有心情继续这样的售后闲聊。科尔小姐的身影已经消失在布雷特的视线中了。他有点生气自己刚才竟然会觉得遗憾。

他一脸沮丧地盯着店里另一头,拱形门里面有间屋子,三个男人看着面前的瓷碗高谈阔论,时不时停下拿起一只,用指关节敲一敲,瓷碗发出清脆的叮当响声。有时接连敲击两只碗,几个房间中都回荡着阵阵清脆的响声,抑扬顿挫。布雷特想到了那句诗——"晶莹的天体呀,请响动萧鼓,好使我们人类也一享耳福[1]"。这个月确实是圣诞月,没几天就到耶稣诞生的快乐清晨了。他想到确实有些事能让他"一享耳福"。今天早上没有什么新鲜事,没有一听就令人振奋的异常地下活动,运河那边也没有传来任何关于伊万的消息。他还没有跟分局长谈过,虽然没有多少时间深挖,但之前询问的事情应该已经有眉目了。

他接过收据,松了一口气,彬彬有礼地与伊曼纽尔先生道了一声再见,动身回了朴素庄严的警局。

---

[1] 摘自约翰·弥尔顿所作《清晨圣诞歌》,朱维之译。

他在分局长办公室外面碰到了贝多斯。

"我提前出院了。"贝多斯匆忙解释,南丁格尔看着他一言不发。"昨天晚上就告诉你了我没事,我真的没事。反正也没人说我不能出院。"

"即使有,也拦不住你。"南丁格尔说着,上下打量着贝多斯。"头怎么样了?"

"我觉得没什么问题。多谢关心。你是打算去看看他们有什么进展吗?"

"是的,不过你刚去过,我就不用去了吧?"

贝多斯摇摇头,往后退了一步:"我告诉你就行。咱们去哪儿?"

"开车去停车场坐车里说。我的保温瓶里有咖啡,你想喝的话可以喝,不过是加糖黑咖,而且只有一个保温瓶盖,没有别的杯子。"

贝多斯听着就愁眉苦脸开始哀号,就像小孩子抗拒面前摆着的菠菜一样。

"行。"南丁格尔说,"那我自己喝。本来也不太够两个人的,你现在喝咖啡也不好。"

南丁格尔一边开车,一边简要叙述了从马金迪那里得来的消息。贝多斯听着南丁格尔描述奥尔加夫人的财宝如何精致奢华,面上一如往常假装无动于衷;听到马金迪的估价,又表示怀疑。

南丁格尔说:"所以我想,就算他不是唯利是图的人,但那时肯定是想要坑公爵夫人一笔。夫人的精神状态不太好,又闭门不出,他那天给的报价可能要比给我们的低,毕竟他不敢糊弄警察。我也不确定,感觉公爵夫人也没有完全失去理智。总之,他和那些合伙人肯定搓着手喜滋滋地想着能狠赚一笔。"

"那肯定的。"贝多斯说,"马金迪知道伊万·卡鲁金是合法继承人,我们追回那批珠宝以后,伊万是绝对要把它们卖掉的。所以他到现在都不想冒险说出真实的报价。"

"没错,他还想做成这笔生意。昨天晚上他摸清事情风向之后,想方设法让我相信他给的低价是没有问题的。本以为这一单是生钱的法子,却摇身一变成了烫手山芋,风险还大,他当然着急。"

南丁格尔倒车,停在两辆车之间,从兜里掏出保温瓶,拧开盖子。"我问你……"他靠着车门,稳住手,确保咖啡不会洒出来,接着说,"等一下,你冷吗?今天天气挺好的,我就没关车顶篷。后备箱有条毯子,你要吗?"

"不用了,谢谢。"贝多斯耐心地说,"这么一点冷风不算啥。对了,他们在圣潘克拉斯火车站没找到多少关于伊万的消息……"

"你知道以后去法庭作证的时候得说这个吧?"

"伊万人很闷,但性格温和。他十四岁毕业后就直接去了车站工作,老校长是推荐人。我也不明白怎么会有人推荐伊万。总之车站那边让他当了办公室勤杂工。那个年代以伊万的资历能找到这样的工作真是很幸运,说句实话,他都没有什么资历。他身体太弱当不了行李员,经常请病假,哮喘严重的时候车站那边就会打发他回家。工作的时候闻不到一丝酒味儿,很清醒,所以要是经常像昨晚那样喝得烂醉,那他肯定是那种睡一觉就清醒的人,还是挺厉害的。显然,车站的人对他没有什么不满,听上去大家都是心胸宽广的人,但很有可能是压根儿不记得伊万是谁。他干的都是一些办公室的琐事,没有固定的工作内容,哪里需要去哪里,也没人投诉他。我不觉得他们会多想念他。不过很奇怪,22号的时候他很活跃,哪儿都能看到他,而且嘴上话很多。"

"这不奇怪,他那天就是表演过火了一点。找到他以前的学校了吗?"

"找到了,离布莱特路最近的那所就是。他们先去的学校,今天早上就去了。因为跟校长很熟,所以准确地说,他们是先去问的校长。但他不记得伊万这个学生,就去翻了那会儿的登记册。哦,对了,伊万现在四十了。推荐伊万去车站的那位校长退休很多年了,还在世。他们问到了地址,就在伊舍,有人已经去了。"

"很好。酒馆那边呢？"

"收获颇丰，"贝多斯说，"挖到不少东西。当地警探都知道伊万最爱去的是橡树酒馆，不是昨天我去的那一家。店主人很不错，提供了很多信息。伊万的外号是"公爵"，因为有时候他喝了点酒就会一直宣扬自己出身高贵，很多常客还总怂恿他多说一点。他们也没有恶意，就是想找点乐子。慢慢地他自己也习惯了，要么吹嘘继承家产后要实现自己的宏图大业，要么就话里有话地瞎说他是受奸人陷害丢了遗产继承权。不过店主说没人把他的话当回事。分局长问他有没有在酒馆里见过什么可疑的人，店主说他看谁都可疑，也有一些正派人去那，像索夫曼和庞菲利翁。分局长听了反应平平，店主心里还直打鼓。但接着他就说斯坦·韦西来过他店里。"

南丁格尔挑眉，问道："那天有人在万布鲁街看见他了，他去那干吗？"

"他住在那边啊，你忘了？"

"唉，现在脑子不行了！反正我是不信韦西那样的人去酒馆只是因为住得近，想喝酒而已。得查查他们的目的。但他也挺规矩的，是吧？毕竟刚出狱不久。他第一次去橡树酒馆是什么时候你知道吗？"

"几个月前，之后就再也没去过。"

"这应该说明不了什么。韦西那个时候还在狱里，不可能跟汉普斯特德团伙有什么牵扯。伊万除了看他几眼，也不大可能跟他有别的什么交集，顶多也就是某次韦西听到了他口无遮拦地第无数遍宣扬他那些……"

南丁格尔突然不说话了。他那些遗产，他的法贝热财宝。贝多斯说的有关昨晚的一些片段一下子变得无比关键。

"你怎么看伊万说的那颗彩蛋？"他问。

"伊万那会儿疯疯癫癫的。"贝多斯有些闷闷不乐。

"我倒不觉得。我的意思是，不一定是瞎说的。我之前跟你说过马金迪的清单上都有什么吧。法贝热的作品就在上面。法贝热和他那些彩蛋。贝多斯……"

"等会儿！我知道这个。复活节彩蛋，金镶钻的那种，定制也可以，而且里面还藏着小惊喜。但那些彩蛋不是专供沙皇送给自己的皇后或者母亲的吗？"

"我觉得可能只要付得起钱，谁都能买。谁知道呢？毕竟卡鲁金家族也是堆金积玉的。没准儿真的有一颗彩蛋像雪、像雾、像星星呢？"

"马金迪的清单上没有吗？"

"没有。否则这么夺人眼球的物件肯定不可能被漏掉或者忘记。"

"可能公爵夫人已经把它处理掉了，或者因为舍不得就没拿出来。也可能是伊万脑子不清楚自己幻想出来的。"

"有可能。我得看看能不能私下找马金迪的合伙人打探一些消息，不管是找一个还是所有的，总得试试，看看他们对卡鲁金这一单到底知不知情。我今天上午总不能直接让他把合伙人都叫来单独问他们问题吧，除非明白地告诉他我怀疑他。现在我们得想想韦西这个人，可能他并不知情，也不是关键人物，但还是得查一查。哎，店主说没人把伊万的话当回事，那韦西听到之后为什么要当真呢？"

"对这种有利可图的事情，都是宁可信其有，不可信其无。"

"可能吧。但你不觉得他偏偏出现在那个酒馆，很巧吗？我知道你说过他住在那边，但……"

"你觉得他是探子？"

"你知道有的人怀着某种目的，听到任何人——包括一个烂醉的酒鬼——提到遗产什么的，都会竖起耳朵听的。伊万的某一次激情演讲可能就被这样一个人听去了，那人可能还恰巧有点常识，知道卡鲁金这个名字——哎，贝多斯，就算不知道他可以问啊！这个名字有利可图，一听就是俄国人的名字，有些俄国人拥有的财产足够让小偷们垂涎不已了。甚至都不需要专门去查卡鲁金家族曾经有多么辉煌，多么显赫。"

"所以你认为这个人可能和汉普斯特德团伙有联系，还有可能就是其中的成员？"

"对。韦西出狱之后可能通过某种途径认识了他们。

他因为住在附近被选中做探子。"

贝多斯闷头思考："至少我们清楚什么样的人会对这个名字很熟悉。这个人应该对 20 世纪的历史有所了解，而且能猜到大部分已知在彼得堡的家族财产都被带来了英国，不仅只有钻石和红宝石胸针。"

"对啊！你说得没错。"

"怎么突然这么激动？"

"没事。无论如何，伊万肯定是重要人物。别人怎么样我不清楚，但他肯定牵连其中。"

"如果他知道自己的祖母有这么一笔财富还不愿意交给他，很有可能会吵起来，应该就是米内利夫人听到的那次。"

"你这倒提醒我了，我今天晚上得去找她谈谈。忘了告诉你，我们的公爵夫人想要把出手的钱直接全部捐给贵族女校。"

"真是搞不懂！"贝多斯感觉身心俱疲。

南丁格尔启动了车子。贝多斯听到这个消息，整个人很明显变得无精打采。

"我们去哪儿？"他问。

"我想让你去办件事。"南丁格尔说，余光瞥见贝多斯立马坐直，努力让自己看起来跃跃欲试。"这次你得按我说的做，不能阳奉阴违，也不许自作主张，严格执行命令。"听到这话,贝多斯转头盯着他,一脸幽怨,充满不可置信。南丁格尔平静坚定的声音继续响起:"你现在回去躺着,明天早上之前不要出现在我面前。"

"好吧!"贝多斯说。

"我可告诉你,别想着偷跑。"贝多斯没有任何怨言地立马同意,有些可疑,所以南丁格尔还是警告了他一句。"你没必要非把自己熬成烈士。我还记得你说过助理警监得了重感冒还坚持上班的事。我也听见你说的话了。我一直记着这件事情,就想着什么时候能派上用场,现在正是时候。你当时说……"

"但他那会儿四处散播病毒啊!"

"你当时说,要是脑子昏昏沉沉,整个人像冬天晕乎乎的苍蝇一样只能爬来爬去,最好还是躺在床上不要动。你现在还没那么严重,但你要不按我说的做,你离冬天的苍蝇也不远了。你回家要从查令十字站走吧?我现在送你过去。好。路上我给你上一堂历史课,科普一下卡鲁金家族历史,我昨天晚上刚了解到的,你那会儿还在运河里扑腾呢。"

南丁格尔把贝多斯送走之后来到警局,把车停在前院,去了位于圣马丁街的工具书阅览室。很快一本装订精美的书吸引了他的目光,里面用大量笔墨详细描述了卡尔·法贝热的作品。

后来，直到离开图书馆一个小时左右他才发现一只手套不见了。

布雷特又浏览了一遍冰箱上放着的便条。即使纸条内容只是琐碎的小事，克里斯蒂娜的字迹还是一样的秀丽工整，且都会以"亲爱的布雷特"开头。纸上写着：

亲爱的布雷特：

　　如果你也想来的话，票我放在这了。很抱歉没有等你，我想在中场休息跟 T 见一面，上次 T 答应了要介绍 S 给我认识。你的戏服也做好了，就在床上。今晚你可以试一下，有不合适的地方可以让店里提早改。这里还有亨利寄来的邮件。

——克里斯蒂娜

她在纸上印上了三个唇印来点缀这张平平无奇的纸条，布雷特盯着那几个口红印，心想，不知道克里斯蒂娜印上之后，是满意多一点，还是雀跃多一点，抑或两者兼有呢？接着目光扫过信封上清晰的乡村邮戳，信封里还装着亨利寄来的唱片礼券，最终落在绿色条纹装饰的门票上。往常不管有没有这些东西，克里斯蒂娜都鲜少去听音乐会，而这次是因为音乐会指挥要介绍一位朋友给她认识，这个人她仰慕已久。他现在去也来得及——但他去做什么？无非是坐在观众席上熬过无聊的下半场，然后自己回家，或者去后台打扰人家社交，想想就觉得没意思。他把票放回原处，瞥了一眼他之前堆放在沥水架上的碗碟，没有理会。

他将一壶咖啡放在炉子上就离开了厨房，登上精致小巧的螺旋梯来到卧室，把灯和壁炉打开。戏服平平整整地放在那里，十分赏心悦目。他一边脱衣服，一边在想，伦敦西北歌剧集团竟然将今年的年度演出放在圣诞节之后举行，简直又任性，又愚蠢。虽然门票预订形势喜人，但到时候可能没多少人舍得从温暖舒适的扶手椅上起来，出门冻得哆哆嗦嗦只为看一场歌剧。只不过，他这次难得对剧目的选择和分配给他的角色感到满意。

他想，这个时候，他的生活被俄国人的那些事情占据了大半，虽然卡鲁金祖孙俩严格来说已经不算俄国人了。内政部那边的消息表明，奥尔加·卡鲁金在1926年9月提交了加入英国国籍的申请，后来如愿通过，并宣誓效忠。证明上也有伊万的名字，当时他还是个孩子。伊万达到法定年龄后，也没有否认自己的国籍。他是英国人，享有英国国民的权利，受英国法律法规保护，但同时也受其约束。

布雷特突然觉得前路一片光明。当时能为公爵夫人做担保的最起码有四位英国公民，都极其了解她的为人。他可以去查这些人的名字和住址。这四个人在1926年都曾居住于斯德哥尔摩，其中三人是外交部门工作人员，另外一人是一名医生，当时都已上了年纪，如今可能已经去世。然而她一到英国，必须宣扬她要改国籍的打算。那些俄国移民，不管是移进来还是移出去，不管他们对自己移民的身份什么态度，应该都知道此事，或者是注意到此事才对。他们为什么没有找她麻烦呢？他记得公爵夫人并不得人爱重。

布雷特叹了口气。这个案子现在正处于瓶颈期，只能静观其变，等着撒出去的鱼饵引诱鱼儿上钩。不过也多亏了这个间歇，他才能有机会回家。尽管如此，目前的僵持局面，再加上下午得知的那些糟心消息，都让布雷特倍感挫败。马金迪的合伙人中，有一个感冒了正在休养，一个远在纽约，一个已经放假去过圣诞节了。米内利夫人那里没有问到什么新线索，与贝多斯之前得到的消息相差无几，但有一点很耐人寻味：卡鲁金夫人锁门的习惯是最近才养成的，但具体是从什么时候开始的，米内利夫人也说不清楚。除此之外，没有其他有价值的线索，也没有关于伊万的消息。运河那边的打捞已经结束，那一河段没有伊万的踪迹。

伊万·伊拉里奥诺维奇·卡鲁金。在雅舍定居的那位老校长回忆里，伊万那时总是病恹恹的，经常旷课。他性格有些懦弱，但心地善良，就是智力发育有些迟缓。十四岁时识字，但文化程度不高。阅读能力和算术能力较差。老校长替伊万考虑，动用身边关系，将他安排在了一个相对较低的岗位上。如此种种都是因为老校长的恻隐之心，他同情这样一个怯懦孤独、无人重视的孩子。伊万总是穿着其他孩子不要的旧衣服，并不合身，唯一的亲人只剩下上了年纪的祖母。这位祖母从伊万开始上学就从未踏出过房门，才六岁的小伊万就要独自承担采买的重任。

布雷特在离开之前，局里的病理学专家来找过他，经过仔细检查，根据死者外表情况初步判断没有巴比妥酸盐[①]中毒的迹象。不管怎么说，这是意料之中的结果。杯子里提取的可可残余还在检验分析中，但其实不用死等他们的结果。他之前已经派人去调查伊万到底有没有买安眠药，什么时候买的，在哪买的，这都需要时间。除非伊万实在愚蠢，没有处理身后留下的尾巴。布雷特并不在意调查时间的长短。在他看来，奥尔加·瓦西里耶夫娜的死只是一个大案中的一环，就算破了这个案子，每个细节都搞得清清楚楚、明明白白，也对他一举击破汉普斯特德团伙的帮助不大。奥尔加·瓦西里耶夫娜，也就是卡鲁金夫人，和《黑桃皇后》中的伯爵夫人同病相怜：同为俄国贵族，都因为掌握着财富秘密而死于家中卧室。

---

① 一种中枢神经抑制剂，起镇定和催眠作用。

换好衣服后,他对着镜子仔细端详,戏服整体相当不错。他刚戴上帽子,正要习惯性转个圈摆个滑稽的动作,就听到门铃在响。

他犹豫了几秒,毕竟这身打扮有些荒唐可笑,但最终还是走出卧室准备下楼开门。如果是某个朋友,倒是无所谓穿什么;如果是陌生人,也没什么可尴尬的。外面围栏的门铃在响,那应该不是熟人。但他明明记得栅栏门是开着的,而且楼梯也有灯,可以自己进来的。他穿过门厅,打开房门,看向台阶下面站着的人。

看清来人之后,布雷特很是手足无措,一时竟想不起来女孩的名字。他记得不久前刚见过她,但没反应过来具体在哪儿。

"晚上好。"他扬声问好,"请进。"

她飞快扫了一眼面前的阶梯。

"是她啊!"他嘟囔了一句,认出了来人是科尔小姐,马金迪珠宝古董店的店员。

"晚上好。"等她走上阶梯停住脚步,他又问了一次好,努力让自己听起来镇定一些,其实心里颇有些疑惑来人的目的。

"晚上好。"科尔小姐的声音很小,语速又快,布雷特差点没听清。终于她抬眼看过来,似乎很是不情愿。前一秒她还是眉头紧皱,显得羞怯紧张,后一秒就满眼惊奇地定定看着布雷特的装扮。

"不好意思，见笑了。"布雷特看她盯着自己的戏服，便说道，"我刚在试衣服。请进。"科尔小姐进屋之后，他走上前去关门，转身看向她。

没等布雷特露出询问的神色，她急忙开口："我来是因为您今天早上把手套落在我们店里了，我给您送来。"

一听这话，他恍然大悟，又想知道到底掉在哪了。

"是这样，"她继续解释，语速还是很快，"我看它掉在地板上，旁边就是陈列柜，想着可能是您在挑选胸针的时候无意间动了托盘，把手套碰掉了。也有可能是您签支票的时候没拿好掉地上了。总之……"

她打开手提包，摸索一通，终于掏出来了一只用纸巾包着的旧手套，上面还有磨损的痕迹。

"太感谢了。"布雷特接过手套，向她道谢，忍住没有笑出声，马金迪店里的个性化服务范围真是异常广泛。"你……"

鼻间充斥的浓郁咖啡味让他把没说完的话吞进了肚子里。"完了！咖啡！不好意思——"他大声喊着，冲进厨房。好在咖啡没事，只是一直疯狂冒泡泡。他赶忙关小炉火，然后回到门厅。

她还站在原地没动，眸子里依旧闪烁着明显的不安和郁郁。但比起在店里，眼睛更显明亮，脸颊也更红润，布雷特觉得应该是一路的寒风造成的。

"我刚在煮咖啡。"他邀请道,"你要不要留下喝点咖啡?"

"不用麻烦了……"

"不麻烦的。其实也不能算是我煮的,我妻子出门之前就帮我煮好了。如果你有时间,就留下喝一杯吧。"

"那好吧,我不急。"她说着,有些尴尬,"谢谢。"

"好的。"布雷特推开客厅门,打开灯,"屋子里有壁炉,拨一拨火会更暖和一点儿。"

说完他移开壁炉罩,调整了一下风门,拉过一把扶手椅放在壁炉边,接过她的外套,看着她舒舒服服地坐在那里,才走出房间,在女孩看不见的地方窃喜。今天晚上的小插曲让他很开心,也是多亏自己灵机一动提到喝咖啡才把她留下。

他将科尔小姐的外套挂好。这件淡粉色的外套摸起来很柔软,还残留着她身上的温度。这样一件外套,最起码要花费她一个月的薪水才能买到。布雷特看了看商标,暗暗点头。这个小姑娘肯定还生活在父母的纵容溺爱当中,还没有真正独立。接着他留意到衣服的丝质里衬上绣着小姑娘的名字——斯蒂芬妮·科尔。原来她叫斯蒂芬妮。

布雷特带着一脸笑意,走进厨房,开始快速摆盘。考虑到她可能不喜欢加奶油,就热了一些牛奶;又想到她的身材虽丰腴，但线条感很强，纤秾合度，应该是靠锻炼保持体型苗条，并没有控制饮食，因此就准备了一小盘饼干。布雷特无意中扫到冰箱上放着的音乐会门票，脸上的笑容有些嘲讽。

几分钟之后，一切准备停当，他用托盘顶开客厅门走了进去，科尔小姐随即站起来看向他。

"需要帮忙吗？"她问道。

"那就麻烦你把那个小桌子上的东西收拾一下，然后拉到你那边去。"

布雷特就站在那看着她。她今天的穿着略显隆重，上身是一件黑色大圆领羊毛针织短上衣，在灯光照射下隐隐闪烁着微光，下面配了一条黑色丝绸短裙，颈间坠着一个金色的小挂坠盒。如果她的头发还是像在店里一样盘着，那么整套装扮就会太过隆重正式。不如像现在只用一个圆形发卡将满头秀发松松固定在脑后，发束披散下来，垂至腰间，与一身装扮相得益彰。

她抬头看向布雷特。

"今晚的你我都有点不认识了。"他说道，语速很快，"上午你还梳着辫子盘着头，穿着灰色套裙……"

"工作的时候长发很碍事，而且每个人都要穿灰色的衣服，起码所有的女员工都要这么穿，算是制服。"

"刻板老套的清教徒装扮。"他说着，把托盘放在桌子上。

终于，她露出一抹微笑，脸颊鼓起，透着十足的狡黠和风情，看了一眼布雷特，随即垂下眼帘。

布雷特十分体贴地提到奶油罐，问她是否想要奶油，她点了点头。布雷特边小心地倒着咖啡，边说："一路上肯定很冷吧？你家离这里远吗？"

"在桑德斯特德那边。"

"什么？"布雷特大惊失色，差点丢掉咖啡壶，"店里就没有其他人住在伦敦这边吗？非要让你这么大老远来给我送一只旧手套？"

她一言不发，脸颊一片绯红，面上浮现一丝愠怒的表情。布雷特突然想到，珠宝店应该是为了细枝末节的服务质量，牺牲了一个人微言轻的底层小妹。

他继续问："所以，是他们让你从菲奇街来这儿的？"

"不是店里让我来的。"她回答道，"是我自己要来的。"

"哦。"布雷特递给她一杯咖啡，同时脑子里一个个问题像雨后春笋般争先恐后地冒出来，但他决定先把这些问题放在一边。

"您是演员吗？"她问道，往咖啡里加了满满一勺糖。

他犹豫了，不想解释为什么穿着一身奇装异服，但这个问题很合理，不解释又显得冷落了她。因此，他回答：

"不，我只是加入了一个业余歌剧俱乐部。"

闻言她并没有太过惊讶，问道："那您演的是什么剧？扮演什么角色？"

"《三个橘子的爱情》，我演的是屈法迪诺。"他没再往下说，不知道有没有必要，也不知道她听不听得懂。

"《三个橘子的爱情》啊。"她跟着念了一遍剧名，"是俄国歌剧吧？普罗科菲耶夫？啊，正巧我之前听杰弗里说过这个。他在凯利特工作。"她接着解释道，"您知道的，就是那家唱片店，我们经常一起吃午饭。"

"他的工作范围是不是商店靠前的位置，主管销售？"

"是的。"

"二十五岁左右，瞳孔一个蓝色，一个棕色，对吗？"

斯蒂芬妮瞪圆了眼睛："您是怎么知道的？"

"从他长相就知道他叫杰弗里。"布雷特特别反感这个名字。印象中那个年轻人看着弱不禁风，但却有些不可一世，嗓音也很干哑。

"哦。"斯蒂芬妮还是有些不信，"自然，他在音乐方面懂得特别多，好像没有他不知道的，但其实他这个人话多得让人讨厌。也不是因为他说的内容很讨厌。"她很快补充道，"而是他说话的方式，像在布道一样。唉，也不对，就他觉得自己是个大好人，教我这些，我应该对他感恩戴德。"

"屈尊俯就吧。"布雷特提议道,想起刚才和她谈起《三个橘子的爱情》,还在揣测她对此知道多少,突然觉得有点愧疚难安,"或者是居高临下。"

"对。"她说,"我总是想不到准确的词来形容。他人也不是特别不好。不过,人家直接坐你旁边跟你打招呼了,总不能一句话都不说,完全避不开。"

"可以换个地方吃午饭呀!"布雷特说。

"怎么,还要为这个浪费我的午餐券吗?反正我结算完以后应该也不剩几张了。"

布雷特点点头。她的声音充满活力,带有一点怒气,让布雷特想到了贝多斯,而且口音也很像。贝多斯住得离桑德斯特德也不远,确实是很巧。

"你喜欢在马金迪珠宝店工作吗?"他问道。

"嗯,还行。反正我觉得,挺无聊的。我的工作都是擦擦办公柜、把地址打在标签上什么的,都是些没人在意的、奇奇怪怪的琐事。我真的不太会打字,只会用两根手指头戳来戳去。我也希望店里能有其他可以接触珠宝古董的事情让我做,忙一点也无所谓。有的同事挺好的。但只有在我帮着包装商品或擦陈列柜浮灰的时候,他们才会正眼看我。噢,还有就是帮劳里先生从橱窗里拿东西的时候。他太胖了,自己拿不太方便。"

布雷特说:"除了销售以外,好像没什么别的事情可以让你接触那些珠宝古董。而且做销售的话，那些东西在你眼前待不了多久就会被卖出去。就算马金迪先生自己，也不会坐在一件瓷器面前一动不动、若有所思吧。"

"他还真的有过。"斯蒂芬妮说，"有一次在他那个小办公室里，门虚掩着，我看见他盯着桌子上的东西看，不过不是瓷器，通常都是珠宝一类的东西。很明显能看出来他已经神游天外了。我不懂他怎么能眼睁睁看着那些，珠宝什么的，离开他呢？"

"可能他并没有让它们离开。"布雷特说，"我想，他要是真的有特别喜欢的物件，收归己有也不是什么难事。"他回想了一下马金迪的家，装修豪华，但并没有让他觉得随处可见奇珍异宝。马金迪说过珠宝是他此生挚爱，斯蒂芬妮刚才的话也证实了这一点，那么他应该有自己的珠宝收藏，且规模不会小，不过没有显示于人前罢了。

"他确实收藏了一些珠宝。"斯蒂芬妮的话与他的想法并无二致，所以布雷特也没有特别惊讶，"就在肯特郡。他的房子离我姨妈的农场很近。不过很奇怪，我是在帮米利特夫人——就是他的秘书——整理他办公室一个橱柜的时候，才知道这件事情的。当时米利特夫人出去了，马金迪走进来，就开始跟我说话。您知道，他这个人特别和蔼可亲。他当时问我圣诞节的打算。哦，就是前几天的事情，然后我说我家圣诞节都会在帕丁格的农场过。他就说：'帕丁格？是不是在福克斯通附近？那离我家也就几公里。科尔小姐，你知道巴顿吗？'等等等等，说了好多。他说让我到时候一定要去他家，给我看他的收藏，还说我一定会感兴趣，而且能从中受益良多。但我觉得他应该只是客气一下。"

"你这么想吗？"布雷特说，"我倒觉得他是真的想让你去看看，开阔眼界。"接下来的话并没有说出口，但他想马金迪肯定看出来了斯蒂芬妮对珠宝感兴趣，不然也不会邀请她。布雷特继续道："你放心，虽然只是擦拭陈列柜和橱柜，但你的工作是大家有目共睹的，总有一天你会有新的工作任务。对了，'谢弗斯'是什么？"

"一本关于瓷器上标记的参考书，特别大，还很厚重。怎么了？"

"没事。不管怎么说，他们总得考察你一段时间，确定你不是那种脑子愚钝、笨手笨脚的人，才能让你……"

"饶了我吧，快别说了！"她一脸不耐烦地打断布雷特的话，"这些话我爸爸跟我说过很多次，耳朵都起茧子了。现在是试用期，得靠努力工作才能升职，要学习，要懂行，要有耐心什么的。可能得等我四十岁的时候，够'老成'了，他们才会让我接待贵宾。"

"还喝吗？"布雷特问。

"不了，谢谢。不过咖啡真的特别好喝。"她把杯子放在托盘上，目光再一次看向书柜，上面放着克里斯蒂娜的照片，并不显眼，"那是您的妻子吗？"

"是她的照片。"布雷特的回答透着傻气。

她看向他，仿佛在说"我当然知道是照片"。"她是英国人吗？"她问。

"是的。"

她摇摇头："她看起来好忧郁！"

"现在的她跟照片不太像。"布雷特主动说道，"她几周前把头发剪短了。"

"好可惜！照片上的发髻很衬她呢。"

"很抱歉她今天不在。"布雷特说，"她去听新排的康塔塔①了。杰弗里有提到过吗？"

"可能他提了，我没注意听。您不去吗？"

"本来是要去的，但我回家太晚了。"

她看着布雷特，充满好奇："您是做什么的？"

"你猜！"

"问题是，我猜不到啊。"她语气带了点控诉，"您妻子也工作吗？"

"她是个歌手。"

---

① 康塔塔：常为宗教题材的短小音乐作品，由独唱演员演唱，常有合唱和管弦乐队伴奏。

"哇，真的吗？唱什么的呀？"

"主要是歌剧。她是女中音。你可以问问杰弗里有没有听说过克里斯蒂娜·加仑。他可能没听说过。我妻子今年夏天刚从德国回来，这段时间还没有出去表演过，一直在休息，四处转转看看。但我觉得她也厌烦了每天无所事事的生活。"

他现在无比希望克里斯蒂娜在家，她很擅长用亲切甜美的姿态送走这些迟迟不走的访客。虽然跟斯蒂芬妮交谈，听她说话确实很开心，但他得考虑她家离这里的距离，而且现在已经很晚了。

"你从维多利亚火车站回吗？"他只能残忍地直接问。

斯蒂芬妮不情不愿地看了一眼表。"不，我要去查令十字站。"

"托特纳姆街区那条线，然后换乘。行，我去开车。"

"不用，不用麻烦了。"她说着，有些窘迫，"我坐地铁去卡姆登镇就可以了，不远的。"

"但是也不近。我开车送你就行，干吗要走路呢？"

"真的不用了。"她坚持拒绝，但没什么说服力。布雷特直接无视了她的拒绝，走到门厅，从衣架上取下她的大衣，正好看到那只旧手套放在桌子上，稳妥起见就把它拿了起来。

"您就穿这个出去？"

他转过身,看到她也跟着出了客厅,正一脸怀疑又好笑地盯着他看,这才意识到自己还穿着花哨的戏服。

"没人看。"他说道,然后帮她举着外套,离他的身体不是特别近,但也不是特别远。

"您穿这个不会冷吗?"她把胳膊伸进袖子里,然后一只手把头发从领子里面抽出来披在身后,还有几缕头发像蜘蛛网一样缠着毛茸茸的衣料不放,在她肩膀上一圈一圈铺散开来,有些凌乱。布雷特一忍再忍才没有帮她整理。她的一头美发颜色均匀,干净整洁,在烛光下散发着温柔的光泽,和克里斯蒂娜的头发披散开来时一样如瀑布一般直直地垂在身后。唯一的不同就是这上面有一些经常编辫子留下的细小扭结痕迹。

布雷特心不在焉地取下一件没什么样式的厚毛衣,穿上之后又套上了外套。"至少,"他说,"我现在有手套戴。"他把手套拿在手上,问:"你怎么做到的?"

"什么?"她有意装傻回避。

"怎么拿到手套,知道是我的,还找到了我家地址,前前后后这些事情。我很好奇。"

"我是今早发现的。您走了大概一个半小时之后,我要去擦拭陈列柜里面的玻璃架。您当时发现上面有一小块灰吗?肯定没有,没人能注意到,但伊曼纽尔先生就能。总之,我跪在地上把抹布放下,打开陈列柜背部。我想着肯定是从上面掉下来的，然后被我或者伊曼纽尔先生不小心踢到这里了。陈列柜底部和地毯中间也就十厘米的空隙，不仔细看肯定注意不到。"

"你怎么知道这是我的手套？"

"嗯，很明显呀。我认出来了。您把手套放在陈列柜上的时候，我就记住它的样式了。反正一看就知道是您的。"

"那我家的地址呢？"

"您在支票背面写地址的时候我看到了。"

他皱起眉头："反着看……"

"您用的大写字母，反着看也好认。"

"但也只有那些专门留意的人才会费心思去认，是吧？"

"是的，我当时确实是专门看的。"

"为什么？"

"只是很好奇。"

"但这件事是怎么发展到这一步的呢？"他坚持询问，"为什么不把这只破破烂烂的旧手套交给失物招领处的人呢？或者给伊曼纽尔先生也行。你们店里没有保安吗？不，肯定是有的，而且可能已经看到你悄悄把顾客的东西收起来了。你会怎么藏呢？是不是用抹布包着，然后把它带出来藏进包里？这个动作肯定会露馅，太可疑了。

万一我后来返回店里,非要说我的手套丢在你们店里了呢?你怎么确定我不会过段时间就发现手套已经丢了呢?我觉得你们店里会不惜一切代价来安抚一位可能会闹事的顾客。是,我承认这听上去不大可能,但事实却是如此。世上就是有很多这样的人,我可能就是其中一个。你难道不知道自己承担了多大风险吗?为了什么呢?"他停顿一瞬,"你到底为什么这么做呢?"

"我也不知道。"她迟疑地说,"嗯,就是那个手套突然出现在我面前,我认出来是您的手套之后,我发现可以做点不一样的事,能激动人心的事。把手套交给失物招领处的人是职责,是义务,但把手套送到您家里,不是按部就班,是我以前从未做过的新尝试,就跟冒险一样。"

布雷特一言不发。那为什么她在发现手套之前就煞费苦心地留意他家地址呢?

"其实都挺无聊的。"她补充道。

"什么很无聊?"

她长长叹了一口气,身体后仰靠在墙上。"所有的事情。我想——唉,我也不知道。"

布雷特看着她,眼神落在她光滑细腻的脖颈上,描摹着那纤长优美的颈部线条。他想到,那件针织短上衣现在掩盖在外套里面看不到了。由此他又联想到贝多斯非常精辟的一个论断:每个女人的肩颈线都藏着一个故事。布雷特觉得自己很清楚斯蒂芬妮想要什么,但他很肯定,她并不了解自己,她刚才说话时也承认了这一点。如果现在他打算不顾理智反驳她,还非要给她一些建议的话,结果一定惨不忍睹。想到这,他面上浮现一抹苦笑。

"对了,你要坐火车!"他故作无事,"你明天是不是还要正常上班?"

"只上一早晨。"她跟着布雷特进了厨房,没有问为什么,"中午十二点半就闭店,那会儿就都可以下班了。"

他停住脚步:"我刚才忘记壁炉罩了,安全起见,还是放回去的好。你在这等我一会儿。"说完溜回客厅。围上壁炉罩的时候,他发现自己还穿着屈法迪诺的拖鞋,但又不想上楼找其他的鞋。

于是回到厨房,打开放扫帚的橱柜,拽出来一双满是灰尘的威灵顿防水长筒靴。

那双靴子因为长久闲置变得很硬,很不好穿。斯蒂芬妮看着他跟那双靴子斗争,就说:"外面地上不湿。"接着补充道,"不过穿着确实暖和。我叔叔也有一双这样的鞋,有农场的那个叔叔。"

"你明天就出发去那边吗?"他问道。

"下了班就去。"

"那你今晚就要收拾好行李。"他说。

"哦,不用我自己收拾。"她说,"我父母会提前开车去，我妈妈会帮我带行李。"

"对了，开车。"说完才想起来他应该快点动身去车库。"要不我们从太平梯那下去，然后穿过花园去车库。虽然有点黑，但能节省不少时间，你也说了，外面地上不湿……"

"没问题。"她保证道。

布雷特拿起手电筒，打开开关。两人走出屋，沿着太平梯下去，他们两个走在因严寒而变得硬邦邦的草地上，像踩着一条未经修筑的路。劲风突起，两人不禁夹紧了双臂。

"你明天坐火车去吗？"布雷特打开车库后门走了进去。

"是的，'肯特勇士号'列车，马金迪先生也去。"

"他不开车吗？"布雷特帮她打开车门。

"不是全程都开。他把车放在福克斯通的一个出租车库里，只有从那到他家的那段路程需要开车。这也是那天早上他告诉我的。"

"哦，他邀请你去他家看收藏的那天。"布雷特刚走到车前面，所以说话声音很大。

"您觉得这事儿好笑吗？"她语气中带着点理直气壮。布雷特钻进车里坐在她旁边。

"一点儿都不觉得。"他撒谎了。

"对嘛,杰弗里也觉得没什么好笑的,就我爸,为这个笑了很久。"

"所以杰弗里的午饭闲聊也不全是自己那一套。"

她漫不经心地摇摇头,假发片随着动作左右晃动。布雷特启动车子往前走。

"没想到有一天我真的会坐上这辆车。"她说。

"这种类型的车?"

"当然不是。"她愤然反驳,"是您的这辆车。"

"你怎么知道我有车?"

"我见过您开这辆车。"她很惊讶答案如此明显,布雷特竟然还会问,"我第一次注意到您是去年夏天。您开车到菲奇街,停在那家私人唱片店门口,然后走了进去,从那以后我就经常能看到您。有时候您也会去凯利特唱片店。不过这辆车是新车吧?虽然跟当时那辆的品牌和颜色是一样的,但车牌号不一样。"

"我明白了。"

"怎么能是您明白了。"她语气中透着一股漫不经心,"这可是我的功劳,说明我观察仔细,是我明白。当时我是在小花园看到的。哦,就是那片废墟,我们店旁边。那天天气很好,很暖和,阳光明媚,小花园里有数不清的粉色小花——其实就是些小野花,但能让人眼前一亮。"

"那些是玫瑰湾的柳兰。你知道那片废墟原来是一家花店吗？"

"知道，杰弗里提到过。不过那个店面确实不适合个体户经营，对吧？通不到后面的小巷，也没有地窖。可能我们店和凯利特后半部分是挨在一起的，正好把那家店夹在中间。我们店发展到如今也是历经坎坷。凯利特唱片店也得费一番功夫才能扩张店面。您也看到了，炸弹爆炸之后，翻修也很难呢。而且我听说当时落下来的炸弹还不是大型炸弹，只是一枚燃烧弹。"

"现在凯利特唱片店买下了那块地。但他们的目的究竟是什么呢？我觉得他们原来的店面已经足够大的了。"

"我知道，其实——"她犹豫了一瞬，手上揪着一缕头发不停搅动，"为什么我觉得不能不理杰弗里，这也是原因。您看，以前天气好的时候，我吃完午饭，经常会坐在废墟那。环境优美，还有遮挡，很惬意。凯利特把那块地买下来之后，他们找马金迪先生投诉，说我擅闯他们的地盘。"

"这也太小气了。现在还没开始动工，怎么着你也不会妨碍到他们什么。"

"米利特夫人说，马金迪先生当时也十分气愤，不过不是气我，而是气他们，这么直接上门告状一点礼貌都没有。总之，我不能再坐在那边吃饭了。而且，您也知道，杰弗里以前也时不时过来跟我一起坐在那边，也就一两次吧。虽然他没说，但我知道他肯定因为这个惹上了麻烦，都是因为我。"

布雷特在红灯前停下车，瞥了她一眼，看到她用一根手指撩起袖口，低头看表。

"你要赶某一趟车吗？"

"我担心的不是那个。"她满心愧疚，有些手足无措。

"你父母知道你去哪了吗？"他问道，启动车子继续往前。

她使劲摇头："我不用事事都跟他们汇报。而且他们也不在家。"她承认了父母不知道她的去向。

"所以你是想尽量比他们先回家，这样就不用解释你为什么大老远横穿伦敦两次来给一个陌生人送手套。"

"您不是陌生人。"闻言，她有些闷闷不乐。

"怎么不是？哦，你今天早上第一次听见我说话，所以我不是陌生人？"

"面相上就能看出来好坏的。"

"大错特错。你这是自找麻烦。"

"那，声音也……"

"更不靠谱了。你没听过那首歌吗？'不要相信他，柔美的女孩，莫听他的声音'①什么什么的。"

她忍不住笑起来。"真没想到您会这样说，好奇怪啊。其实您的嗓音跟我想象中完全不同。我想的是充满睿智，让人一听就忘不掉的那种……"

"忘不……"

"就是那种，很威严的感觉。实际上您的声音很慵懒，说话慢吞吞的。您不是美国人吧？"

"我不是，我母亲是，美国南部的。"

"啊，这就说得通了。"

"我怎么不觉得跟那个有关系。我父亲是约克郡人。"

"哦。"她沉默了一小会儿，说，"您有孩子吗？"

"没有。"

"哦，那兄弟姐妹呢？"

"有个哥哥。你呢？"

"我有一个姐姐。我父母今晚就是去姐姐家了。前几年我们全家人都会去帕丁格，但今年我姐姐不能去，她要照顾孩子。我父母是去送圣诞礼物了。"

"头胎吗？多大了？"

"两个月。"

他注意到了她语气中的淡漠，扭头看她，眼神锐利。

---

① 这是一首民谣 The Gypsy's Warning（吉卜赛人的警告）的片段，整首歌大意是劝诫所有的柔美女子小心道貌岸然的陌生男子。

"你不喜欢孩子？"他问。

"有时候其实还好啦，我小外甥确实很惹人爱。但其他人一直谈论孩子会让我有点厌烦。"

"谁一直说孩子了？你父母？"

"是的，不只他们，所有人都是。"

两人沉默良久。

"我很喜欢这辆车。"斯蒂芬妮最后说，"您很幸运。"

"你父亲也有车，你好像说过。"

"那不叫汽车。就是一辆家用轿车。唉，平平无奇，毫无新意，简直无聊到让人无话可说！"

"不至于吧。"布雷特低声嘟囔，转了个弯开进查令十字站的停车区。"你爸爸真难。不过他给你买的这件外套真的很不错。"他把车靠着路缘停下，"对了，很遗憾今天你没见到我妻子。她不在家也好。你应该能猜到我为什么买那枚胸针吧？"

"应该是要送给她吧。"

"没错，圣诞礼物。要是她听到你说马金迪珠宝店、胸针、丢手套什么的，圣诞节那天早上可能就没什么惊喜了。"

"我之前没想到这个。"斯蒂芬妮面上满是愧疚，"这件事确实是我鲁莽了，真是对不起。"她停了一瞬，继续说:"但您能不能不要把这件事告诉伊曼纽尔先生呀?"

"我干吗要告诉他?以后会不会再见还是两说。"

"我以为他是您的朋友。"她一脸惊讶。

"为什么这么觉得?"

"因为胸针原价是五十英镑,他给您便宜了不少呢。"

布雷特惊住了,觉得自己仿佛是在半梦半醒之间没注意脚下的路缘,一脚踩空,猛地惊醒。"什么?"他脑子有些糊涂。

"这很正常,我知道有些顾客来买东西是有特价的,所以我当时也没多想。店里在分类整理货物的时候,我正好在办公室擦灰,也是偶然知道了它的实际价格。所以我当时知道在哪拿。怎么了?"

他摇摇头。

"您没事吧?"她的音调陡然升高,有些微微发颤。

他听出了斯蒂芬妮语气中的惊慌失措,赶忙收拾好自己的心情。他的脸色肯定很糟糕,心里怎么想的全写在脸上了。他原本一直很看不上有些成年人,他们控制不了自己的负面情绪,表现得太过明显,会吓到身边心性相对脆弱的年轻人,没想到有一天他也会如此。

"没事,我没事,谢谢。"他说,"就是挺惊讶的。有车吗这会儿?"

"四分钟之后有一趟。"

"好的,那你快去吧。"

斯蒂芬妮带着明显的不情愿下车,站在人行道上,砰的一声关上车门,一脸沮丧。很明显,她在拖延时间,想让这次大冒险晚点结束。布雷特这才意识到,因为他突然的兴致全无,以及无法言说的情绪波动,让她深刻地认识到一个悲伤的事实:他们之间只是萍水相逢,并不会有更深的交集。他感到很遗憾,也很抱歉:"再见,斯蒂芬妮,谢谢你把手套送回来。"

"您怎么知道我名字的?"她问。

"挂外套的时候在里衬上看到的。"

"这您都注意到了?真细心。"她感叹道,"杰弗里的眼神儿,跟您一比……"

布雷特有一瞬间以为她会问他的教名是什么,但她没问。

"我得走了。"她话题转得有些生硬,"再见。"

她转身跑了。布雷特启动车子。

回家的路上布雷特开得很快,油门踩到底,一路风驰电掣,就是参加拉力赛也能轻松获胜。到家停好车,靴子踩在草坪上,脚下嘎吱作响,然后噔噔噔跑上楼梯。公寓里还是一片漆黑,克里斯蒂娜还没到家。布雷特走进厨房,轻手轻脚地穿过客厅,任由自己倒在扶手椅上。

现在，他自己也牵扯进去了。他给克里斯蒂娜买了一枚浮雕胸针，但售价被有心之人故意砍掉大半。往好了想，马金迪迫不及待想打发他走，离开那个像圣殿一般的珠宝古董店，这样的话，布雷特倒是能松一口气。那个小老头走之前肯定给了伊曼纽尔一个警告的眼神，意思是说："这是位警探，不管怎么样，我都得供着他，所以你也机灵点，不管他买什么，一律三折，然后赶紧把这腌臜东西扫地出门。"不过在布雷特看来，马金迪就算只是心里想想，也不会说出"供着他"这种话，这个认知让他有些郁闷。往坏了想，这枚胸针就是敲门砖，是贿赂的第一步，但只是试探性的，还没有大喇喇直接往兜里塞钱。意思就是"麻烦您就不要调查我了，不管是跟卡鲁金案有关的线索还是其他非法活动，看在胸针的份儿上，高抬贵手，以后好处少不了您的"。

那为什么只有三十五英镑呢？布雷特自己默默盘算，光他自己的工资来算，三十五英镑当贿赂，少得离谱，也不够分量，显得有些儿戏，更别说马金迪能称得上是日进斗金了。但同时，布雷特也很清楚千里之堤毁于蚁穴的道理，名声的分崩离析就是从小事开始的。但他也不可能直说他知道优惠价的事情，然后去把胸针退掉。最好是按兵不动，让马金迪店里，准确地说，是让马金迪相信，他们的奉承讨好成功麻痹了自己，先稳住他们一段时间。

况且，他不想给斯蒂芬妮·科尔带来任何麻烦。布雷特很不理解自己竟然会考虑到她的境况。斯蒂芬妮·科尔！他做不到用很严苛的态度去审视她。斯蒂芬妮只是个可怜的小姑娘，对他有了一时的痴迷，但这种感情朦胧又懵懂；她从小就生活在周围人的娇惯和保护之中，对这种枯燥的安稳氛围感到无比厌倦，急于逃离；步入社会后又从家里的掌上明珠沦落为职场隐形小员工，她受不了这种身份转变，很是抵触，这也是必然的。不过布雷特能理解她的行为。驱使斯蒂芬妮来送手套的原因可以归结为三个：荷尔蒙、好奇，以及渴望得到关注。但明知道这些还不承认对她有同情的话，就有些虚伪了。

这个时候，电话铃响了，他拿起听筒。"您好，普里姆罗斯——"刚开口就被电话那头一个浑厚的声音打断了。

"喂？兄弟，是你不？你最近咋样啊？喂？我说，你咋样啊？兄弟？"

布雷特的脑子一瞬间快速运转起来，努力回想这是谁的声音，突然福至心灵，想起来了。"平克！我挺好的。"他说完，换用右手拿听筒，左手去够笔和记事簿。

"我也还是老样子。我换工作啦，现在在汉普斯特德找了个活儿干。听到了吗？汉普斯特德。唉，从你上次放假咱俩就没见过啦。拉姆斯盖特港那边怎么样了啊？我还挺喜欢佩格维尔湾总下雨的。哎，我说佩格维尔湾，你知道吧。那儿环境不错，也挺安静，不过以前就这样。最近很多飞机往那边飞，轰隆隆的，你知道吧，飞机那轰隆隆的声音吵得很。前几周一飞机直接坠下来了，在旧堡垒那边撞得稀碎。你知道吧，那个旧堡垒，就是以前罗马人的地盘。哦，对了，你圣诞节有啥打算？我圣诞节前一晚上收拾行李。听见了吗？圣诞节前一晚上。我想着六点四十就走人。六点四十就走。兄弟，啥时候咱见一面？嗯？还是咱常去的那家，行不？"

"没问题啊。"布雷特说，"老地方？"

"哎哟老兄！太好了！行，我得挂了。圣诞节快乐啊！拜——拜！"

布雷特放下听筒，看着自己记下的内容若有所思。

汉普斯特德、佩格维尔湾、旧堡垒那边、飞机盘旋、圣诞前夜、六点四十。

平克。看来平克混进去了。很好，平克的消息虽然不是特别有价值，但很有用。怎么就平克能混进汉普斯特德那群人里呢？不过这个不重要，只要这次他能跟以往一样提供线索就行。那个旧堡垒，罗马人的旧址，应该是里奇伯勒，也就是鲁图皮埃，曾经是罗马军团的仓库。平克竟然还知道这个。里奇伯勒，在肯特郡。这需要郡政府的配合。还有"盘旋"——看来那帮人还有直升机。别的解释也说不通。美国空军就在曼斯顿驻扎，离那不远，但要想得到他们的帮助很麻烦，会遇到技术和法律上的问题。布雷特必须把这个案子牢牢握在警察手里，不能让第三方插手。而且很明显这个案子会越来越复杂。他突然面色惨白，身陷大麻烦之中，假期在圣诞节前一天就结束了！

布雷特拿起电话，叫了一辆出租车，五分钟后就到，然后冲上楼，边跑边剥掉身上亮银色的戏服。

第三部分

圣诞前夜

"他们说没看见韦西的踪迹。"贝多斯说,"真的吗?"

南丁格尔筋疲力尽,拉开椅子坐下。"贝多斯,你这浑身的热情和精力是哪来的,太吓人了。是真的,我醒了之后就打电话问了。我只睡了三个小时,都不知道是怎么醒过来的。"他的眼神穿过办公室窗户落在外面,隆冬时节,黎明一步步走来,一抹暗淡红霞破开云雾,看上去就像孩子红扑扑长满雀斑的脸颊。

"很正常。"贝多斯说,"我说韦西。"又赶忙补充道:"对了,你昨天把我放在查令十字站之后,我想了想,反正我就住在万布鲁街,可以打电话问一下他们是在哪个酒馆看到的韦西,然后过去侦查一下。我知道,你说让我回家,但去一趟就是顺便的事,都不算是工作。反正就是去转一圈然后找机会跟别人聊聊天。"

"聊韦西的事？"

"有点苗头。"贝多斯直截了当,"但还得深挖。我提到了伊万那个倒霉蛋,果然,那儿的酒客都知道他。伊万是新客,但过去两个月经常去喝酒。不闹事、不吵嚷,跟其他酒客说话也是私下悄悄说。当然……"

"没有到处宣扬自己的事儿？"

"没。最后一次见他去是22号那天晚上六点左右。"

"竟然是那天！他应该是想着能拿到自己的分成。但我不觉得他们打算老老实实把钱给他,干吗在伊万这个定时炸弹上浪费钱呢？他们之前就观察过他,知己知彼,所以很清楚伊万的嘴有多松。"

"所以他们就一直跟着,直到在运河那儿把他淹死。"贝多斯若有所思地说,"但为什么一开始让他去万布鲁街呢？你可能觉得他们见面的真正目的是抓他。也可能正要抓他的时候,伊万慌不择路,直接冲到河里去了。他们肯定跟着他回了家,但路上人多没找到机会掳走他——伊万还真是幸运。还是那个问题,为什么不在他刚冲出家门的时候就抓住他呢？当时肯定吓了他们一跳。伊万像个炮仗一样直接冲出去肯定是发生了什么不寻常的事情。这样他们更有理由在他四处宣扬之前抓紧时间把东西搞来。还记得你说伊万跑出去是要给他们报信吗？我倒觉得他是想找警察。你也知道俄国人最喜欢坦白自己的罪过。"

"那他为什么还要去德比之章酒馆?一醉解千愁?"

"可能吧。"贝多斯停顿一瞬感叹,"真是个可怜又可恨的邋遢鬼。"

南丁格尔没想到贝多斯嘴里能说出同情伊万的话,但他没有回应,只是问:"你知道里奇伯勒的事情吗?"

"知道一点,但还没确定。谁告诉你的?"

"平克。这倒提醒我了,我得去盯着点,好让他拿到应得的报酬,虽然钱不多。"

"他告诉你汉普斯特德那群人在那?"

"也不算,他只是强调了汉普斯特德这个地名。好像他总能知道我在办什么案子。及时雨啊!"

"不错啊。你俩怎么搭上线的?"

"很多年以前,有一次我负责拘捕一批囚犯,但是把他给漏了。我那会儿刚来,什么都不懂。重点是,他自己都没意识到那是我的疏忽。"

"所以他走的时候对你万分感激,是吧?几点开始行动?"

"六点半。肯特郡那边已经就位,天一黑就可以行动。我们要有耐心,不能一时着急就毁掉一整盘棋。你知道里奇伯勒什么样子吗?我从那边穿过,或者说从旁路过,发现它其实是斯陶尔河河口沼泽的一部分,密密麻麻分布着弯弯绕绕的排水沟和河道、几个废弃码头、战争遗留下来的库房旧址，还有几家原料工厂。政府那边应该是想重建这片地区，形成一个港口之类的。那边还有一条铁路线、电力电缆。哦，那座城堡，前身是罗马军团堡垒。平克说，直升机的目的地就是那座堡垒——或者是堡垒附近。所以肯特郡那边会重点监视那片区域。"他叹了口气。

"放宽心。"贝多斯劝他，"肯特郡警察的水平比他们的板球队可是强多了。"说完自己笑得一脸骄傲，好像萨里郡在冠军榜上的排名也有他的功劳一样。

"怎么了？""平克。我可不能忘了平克的功劳。不然会玷污他对我的感激，他的感情太纯粹了。以后我会在电话里介绍他给你认识，等我走了，他就可以为你所用。"

"别逗了。平克那会儿已经老得都能见上帝了吧。"

"他年龄没那么大。而且——"南丁格尔停顿了一下继续说，"如果说我打算辞职呢？"

贝多斯之前提到俄国人热衷于坦白罪行，有很多证据可以证明这一点。南丁格尔想，对比世界上其他国家的人，俄国人似乎更容易敞开心扉主动忏悔，忏悔的频率也更高，十分擅长甩掉困扰良知的重担。这或许是因为俄国的幅员辽阔赋予了他们一种心胸宽广、随心所欲的品质。俄国官员写给《泰晤士报》的信往往都是长篇大论，好像《泰晤士报》是他们办的一样。虽然数据可以证明俄国人都是坦白大师，但这种急于忏悔的冲动并不是他们所独有的。南丁格尔现在满是无奈，终于意识到，这种倾诉欲是一种人类的普遍特征。他现在一直无法释怀胸针的事情，心中郁郁不安。从知道其中猫腻产生怀疑开始，他的压力和焦虑一直累积，像一块巨石压在心头，重逾千斤。

贝多斯一时沉默无言，南丁格尔安慰道："不说这个了。说说马金迪吧，昨天晚上我偶然得到消息说他住在肯特郡，有一批珠宝收藏保存在那边。可能是巧合，顶多算是一条勉强说得过去的线索。"

贝多斯半信半疑："他现在处境微妙，还一股脑儿交代了那么多事情，本身就很反常。其实要解释祷告书上为什么有他的名字很简单，只要提一下那枚20世纪20年代的胸针就行了，这个他说的应该是实话。"

"你没想过我可能已经告诉他书上写有地址了吗？他知道我们可能找到了公爵夫人写给他的信件或者草稿。谁知道还有没有别的。他要找一个充分的理由来解释他去布莱特路的事情。哦，对，我们现在确定他去过。他还知道珠宝都放在行李箱里。我觉得这个消息很可能是从伊万的嘴里说出来，然后被人听到的，但我没有告诉马金迪。总之，他今天要去肯特郡过圣诞。坐'肯特勇士号'火车到福克斯通，然后自己开车回家。"

"福克斯通离斯陶尔河那边可不近。"

"'肯特勇士号'列车下午两点四十到福克斯通，直升机六点三十到里奇伯勒。这中间将近四个小时，能发生很多事。"

"比如马金迪从房子后院的飞机库里开出一架直升机，一路飞到里奇伯勒？听起来很拉风。他们查过那片区域登记了哪些交通工具吗？"

"不用想，马金迪肯定没有直升机。"

"反正我是不懂为什么要在沼泽地搞上这么一出。"贝多斯嘟囔着说，"如果他们非要标新立异，开什么直升机，怎么不直接把东西带到老巢再装货呢？"

"那些可不是'东西'！你想想，他们的窝点就算不是马金迪的房子，也会是某个人的房产，肯定能被追踪到。直升机就不一样了，又不是羊，地面上根本拴不住，随时能飞。而且，说白了，你口中的'东西'就是赃物，那个人肯定也不想把赃物藏在离他家很近的地方，容易被顺藤摸瓜。因此最保险的方法就是找一个人迹罕至的地方，但离窝点的距离要适中，这样一方有危险的时候，可以在紧要关头通知同伙不要靠近，赶紧跑路。另外，这个地方离海岸也不能太远，要方便以最快的速度离开英国逃去潜在的销赃市场。"

"所以你觉得马金迪的房子很有可能是他们的老巢？"

"也不一定，肯特郡这样的地方很多。"

"但曼斯顿是有雷达探测的吧?不过雷达也不会追踪所有从那经过的飞行物。里奇伯勒就在海岸边上吗?"

布雷特叹了口气,感到一丝沉重,刚才贝多斯误以为他质疑肯特郡警方效率的时候,就是这种感觉。"麻烦的是,里奇伯勒这个名字不仅指那座堡垒,还包括周边一大块区域。看地图说吧。在抽屉里——对。你看,堡垒在这些河道的背水侧,中间就是铁路线。但陆路其实很方便,我觉得有可能是开车去……"

"把东西运到直升机那。不叫'东西',那应该叫什么?Praeda①?"

"你看,河道和公路另一边是海角,或者叫岬角都行,里奇伯勒这几个字就写在这块区域上面。这边分布着很多高尔夫球场,晚上开车不好走。而且海岸巡逻警卫队离这边很近,那些工厂里面也可能会有门卫或者夜班工人,从这走要提心吊胆的……"

"俱乐部应该有圣诞狂欢活动……"

"——而且没有多少明显的标志能帮他们认路。"

"车前灯。"贝多斯提示道,"如果车能过去的话,车前灯开着就行。"

"这其实没有必要。他们完全可以凭借后方拉姆斯盖特的灯塔来判断自己的方位,还有公路和铁路线,虽然没

---

① Praeda:拉丁语,意为"赃物、掠夺来的财产"。

有灯，可以靠近去确认，认路也足够了。你看，还有这些排水沟。不管怎么样，平克强调的是堡垒所在的那块区域。岬角上标的里奇伯勒肯定是指这一整块地方，罗马军团的港口以前也属于这块儿。"

"不然呢？"贝多斯一脸无辜，"我没说不是。"

南丁格尔无言以对。贝多斯肯定知道他之前一直在跟上级讨论案情。威兹德姆长官认为岬角很有可能是着陆场，还觉得他对平克的盲目信任有失谨慎，且觉得最起码要让肯特郡警方能调动的所有力量分别监视那两个地方。那半个小时并不好过，南丁格尔内心矛盾重重，克制住了反驳的欲望，经过艰苦卓绝的努力终于成功说服长官按照他的意愿来部署行动。他感觉周围气压一下子升高了，心揪成一团，呼吸都有些困难。

"所以我们真的要去监视堡垒？"贝多斯问。

"是的。"南丁格尔红着脸回答，"你可以自己开车过去，最后应该能赶得上。"

"以什么身份？"贝多斯问。

南丁格尔又沉默了。贝多斯曾经嘲讽过威兹德姆长官，这些话传到了他耳朵里，因此他对贝多斯有些不满。桑穆长官则明确驳斥了南丁格尔想让贝多斯在里奇伯勒行动中担任重要角色的提议。南丁格尔很清楚坚持己见很可能让他好不容易得来的胜利化为乌有，因此只能委屈贝多斯了。

"嗯，直接去就行了。"他说，"你跟警司说一下你是谁，他知道你要去……"

"然后整场只能坐冷板凳。"贝多斯总结道，"那你呢……"

"我要去跟踪马金迪，希望能及时赶到里奇伯勒。"

贝多斯皱眉问道："跟踪他？怎么跟踪？先坐火车，然后开车？哎，不好意思，那为什么不干脆让我去呢？或者派更有经验的人去也行啊！"

"因为如果马金迪真的心里有鬼，很容易发现有人跟踪。要是他在周围看到有陌生人，可能会打草惊蛇。而我跟他有过接触，他也知道我对案子很关心，所以在他眼里我不会对他不利，他相信我。好在今天下午就算有人看到我，也不会想到我是往里奇伯勒那边去的。我不想惊动任何人，不管直升机要去哪，必须得照常飞，我们才有机会。"

"希望到时候路边没什么灯，这样就没人能认出你了。但你怎么知道马金迪看到你就不会警醒呢？"

南丁格尔耸耸肩没说话，总不能直接告诉贝多斯：因为马金迪以为我已经被收买了，就算看见也会以为我在假装跟踪，只会一笑了之。

"对了。"贝多斯问，"他们准备怎么应对那架直升机？从曼斯顿那边借一架？"

"不是，不过有人提到过这个想法，但不去曼斯顿借，别的也一样。用直升机的话，有可能会在空中纠缠、坠毁和起火，这种风险没必要。肯特郡那边有办法，但我不知道具体细节。你应该可以帮我联系到他们，走之前我还有几件事要处理。记一下他们在福克斯通给我准备的车是什么款式，通知他们我要自己开车。普通的民用车就行，不必挪用很贵的车。你可以问曼斯顿那边要一份天气预报，要靠谱的。哦，对了，还要麻烦你去看一下分局长那有没有什么新消息，半个小时之后再去就行。明白了？"

"明白。"贝多斯信心十足地回答。

布雷特开车去了菲奇街。他本来是想再去找一次马金迪，但在路上瞥到旁边的凯利特唱片店，才想起亨利给他的唱片礼券还躺在口袋里。现在去兑换礼券的话，圣诞节就可以放自己喜欢的音乐，虽然那时候案子很可能还没结。但现在有时间去一趟，何乐而不为呢？刚才跟贝多斯说要去处理一些事情，其实归根结底只有一件——胸针。去买一张唱片是为了给自己争取一点时间才想出一个最佳解决方案，而且也用不了几分钟。唱片音色和质量都是无可挑剔的，因此不用费时间试听，看一眼封面找到自己想要的那一张就可以了。他停好车，路过马金迪珠宝店，推开凯利特唱片店的厚重玻璃门走了进去。

仅从商店外观很难判断这家店的品类,甚至很难确定这到底是不是一家商铺,倒是有些像一家高级旅行社,还有点像航空公司展示厅。地面覆盖着一整块海绵背衬地毯,严丝合缝,没有一寸遗漏。弧形前台上摆满了宣传册和商品目录,六名店员坐在后面,规规矩矩的,间隔距离都一样。他们背靠一面用压制纤维材料筑成的高墙,墙面很大,几乎延伸至房顶和两侧墙体。布雷特以前来过,知道后面还有一面做成凹槽式书架的墙,用来陈列唱片。再往里走可以看到一截楼梯,通向上层的唱片机陈列厅,那是完美主义者的天堂。商店其他部分则分布着伦敦隔音效果最好的试听隔间,关上门在里面播放《布伦希尔德的献祭》,外面听上去就像耳语一般微不可闻。

布雷特扫了一眼前台导购,没有看到大眼睛的杰弗里,于是走到一个麦色皮肤的女孩跟前,询问是否有他想要的歌集。女孩转身去取,身影消失在纤维墙后。布雷特对店内布局很是不耐烦,就好像在女鞋店一样,商品都藏在顾客看不到的地方,店员只能努力解读顾客模糊的要求,在店里来回奔波。好在布雷特很清楚自己想要哪一张。

女孩拿着唱片回来,问他是否需要试听。

"不用了,谢谢。"布雷特从唱片套中把唱片掏出来，拿起来对着光端详。唱片光滑的表面平整无瑕，他将其递还给导购员，问道："杰弗里今天不在吗？"

"不在。"她有些惊讶，脸上透露着一股不喜和厌恶，"他今天不用上班。"

布雷特觉得，杰弗里应该是得到了老板的青睐，成为众矢之的，其他店员对他和老板都颇有微词，这个结果也是他咎由自取。听斯蒂芬妮的描述，杰弗里说话时语气居高临下，活脱脱一个自负无礼的小子，让人喜欢不起来。布雷特甚至怀疑，杰弗里费尽心思展示他的音乐素养是为了给斯蒂芬妮留下一个好印象，进而在恰当的时刻，让她先入为主，觉得他是一个优雅成熟、精明睿智的男人。

布雷特回过神来，发现自己对杰弗里的评价太过轻率，便没有继续往下想。如果马金迪邀请的是杰弗里，起码杰弗里不会一脸扬扬得意，布雷特自己可能都做不到毫无动容。

他接过包装好的唱片，柜台后突然响起一阵窃窃低语，空气中充斥着难以压制的兴奋和激动。布雷特知道与他无关，便扭头透过窗户往街上看去。

店门外，一辆豪华商务车停在路边，司机下车打开后门，一个身材高大、体型壮硕的男人走下车。他穿着一身柔软的淡褐色套装，头上戴着一顶巨大的帽子，很像墨西哥人戴的宽边帽，墨镜遮住了他的双眼。但布雷特一眼就认出了他——阿纳托尔·古兹曼。这个人是多国混血，见多识广，资产无数。唱片收藏是他的一大爱好，据称他的收藏范围极广，参考价值极高，曲目选择更是耐人寻味，对稀有唱片的热情可谓狂热。这些都是常识，即使不是妇孺皆知，在唱片界也是无人不知、无人不晓的。但有件事却称得上是秘辛：一年前，阿纳托尔·古兹曼卷进了一桩在欧洲恶名远扬的丑闻，他花了大价钱从中脱身洗白。布雷特却觉得，古兹曼肯定会在这个泥潭中越陷越深，永远都摆脱不了那件事带来的影响。他不禁好奇，就算凯利特唱片店的人知道这件事，恐怕也不会嫌弃古兹曼的钱不干净吧。

就在他暗自琢磨的时候，一个店员连忙换上谄媚殷勤的笑容，上前为古兹曼开门。古兹曼从头到尾充满自信，自觉是店里最尊贵的客人，走起路来像孕妇一般步伐坚定、不紧不慢，且很肯定没人会不长眼色地去推搡催促他，毕竟大腹便便也走不快。古兹曼路过纤维墙的时候，布雷特从侧面观察了一下，心里打趣道：这肚子怎么着得有八个月了吧。古兹曼应该是要去凯利特先生的办公室——前提是真的有凯利特这个人。不知道凯利特先生本人，或者是经理、主管什么的，会不会小跑着亲自去展架上取古兹曼先生想要的唱片呢？毫无疑问，古兹曼先生想要的唱片一定极其珍贵，不会大大咧咧地存放在店里，普通民众也不能进到展架区域浏览，也碍不着什么。

"这样吧。"布雷特鬼使神差地改变了主意，"我想再看看别的唱片，还是在楼上的陈列室是吗？"

"是的。"女孩兴致缺缺，并不热络，"绕过屏风，上左边的楼梯就是了。"

布雷特闻言照做，心里承认自己的做法有些疯狂。他绕过唱片架，在楼梯前面站住脚。右边的收银台位置很巧妙，每一个从试听隔间出来的人都必然要从这经过。想买刚刚试听过的唱片，就递给收银员，收银员把唱片放在乳胶传送带上，传送到前台，顾客付钱的同时，会有人把它包好。

他跑上楼梯，右边是设备陈列室，地上铺着精美大气的暗橙色地毯，展出设备都放在白色的桌子上，色彩布局散发着浓郁的艺术气息。布雷特抬眼四顾，果然没有看到阿纳托尔·古兹曼的身影。房间尽头有一面木质镶嵌玻璃的隔断，分离出一个小套间，专供一些拥有古董唱片的人在此欣赏音乐。古兹曼有可能就在里面。布雷特穿过房间，在隔断前站定，透过玻璃，看到里面空无一人。

于是他转身回到楼梯口，左手边是一扇双开式弹簧门，门上告示牌写着"闲人免进"，门那边是一个走廊。布雷特猜测走廊两侧的房间应该都是办公室，不对，可能是管理层办公室。但因为地下室跟楼上唯一的联系方式是无线电，他可以确定古兹曼就在某个房间里面，而他是肯定要去一探究竟的。

这时，一位店员走上前来，问道："先生，有什么需要帮忙的吗？"这话听着更像是建议。布雷特脚步不停，也没有转头离开，直接冷冰冰地说了一句："不用了，谢谢。"这样生硬的回答和冷酷的语气总是能成功达到他想要的效果，这次也不例外。店员哑口无言，愣在原地，眼睁睁地看着布雷特推门走了进去。

门关上后，布雷特才发现这个走廊是死胡同。他只有两个选择：要么转身出去，肯定要跟那个店员打照面，既愚蠢又可疑；要么闯进这里面随便一间屋子，编造一个借口解释他的行为。万一他恰巧闯进了古兹曼所在的房间，里面还有请古兹曼来的人——或许是"凯利特先生"，那就不是一句尴尬可以概括的了。总之，他现在鼓足勇气尽量将脚步放慢，心里很清楚留给他犹豫思考的时间不多了，已经走过了一扇门，必须马上做决定。于是，他选择走到尽头，透过墙上的窗户看一会儿，然后扭头回到店里，全速离开。如果有店员询问，他就暗示自己是建筑鉴定人。如果有人从两边的办公室出来，他就只能即兴发挥了。幸运的是，他突然看到走廊右侧尽头的门框上没有门，里面也不是一个房间，而是一段通向下层的楼梯。很明显，这栋楼之前做过改造。这下他不用测试自己的临场发挥能力了。

布雷特松了口气，接着想到刚才那个店员可能还在双开门那一头透过玻璃看着他。为了不让自己显得紧张匆忙，布雷特就在走廊尽头的窗户前站了一会儿，才转身朝着楼梯走去。他站在楼梯口，看着斯蒂芬妮口中的"后巷"。旁边的房间应该往里截断了一部分为建楼梯腾出空间，从里面传出一阵缥缈的乐声，有人在放《哦，美好天堂》。

布雷特抬脚往下走了一阶，从外面暂时看不到他。这张唱片本身年代久远。声音从墙穿过，音质变得模糊，但他仍然能分辨房顶一定是平的。现代电气工程师都偏爱拱形房顶，可以产生共鸣，音色更好一些。因此他有些困惑自己竟然能听到音乐。由于房屋结构的原因，这面新砌的墙肯定比较薄。他凑近了去观察，看到靠近顶部有一个通风格子窗，离他站的地方不远，声音就是从这里传出来的。

他屏住呼吸，竖起耳朵去听，分辨出钢琴伴奏的微微颤音。当时录音技术刚刚兴起，录制效果并不完美，但歌手原本的音色仍未受到太大影响。大多数男高音都是把声音从喉咙里挤出来，但这位歌手发音毫不费力，音色开阔、雄浑，音调也十分顺滑流畅，有一种浑然天成的力量感，似乎根本不用特地去调动体力来支撑。同时，这种力量感中又蕴含着高雅品位和丰沛情感。布雷特觉得，这确实是一位出色的男高音。

他对歌剧的黄金时代并不了解，记得上一次听歌剧唱片还是得益于偶然，当时是在听《弄臣》四重奏节选旧唱片，克里斯蒂娜修复了上面的一些伤痕，因此对其很是珍重爱惜。但布雷特却觉得，这段听上去就像四只老鼠在唱歌，吉他在伴奏一样。有几个男高音的名字他听来很耳熟，但对他们的演唱风格和音色很是陌生。他觉得自己应该能认出卡鲁索的声音，但这个歌手明显不是，听起来也不像意大利人。音色中蕴含着某些斯拉夫人所独有的甜蜜和愉悦。虽然隔着墙听得不太真切，但布雷特好像能分辨出咏叹调是用法语演唱的。他略带嘲讽地想，总不可能是让·德雷什克吧？下一瞬间，他感觉自己身处云端，有种不真实感：还真的是让·德雷什克！

古兹曼，还有他对黄金时代顶级唱片的狂热追求。紧挨着马金迪珠宝店的凯利特唱片店。塞瓦斯蒂安·卡鲁金公爵，在巴黎有一栋公寓，渴望在唱片收藏上跟谢尔盖伯爵一分高下……

幸亏布雷特没有激动到全然忘我，咏叹调中掺杂的一阵脚步声让他猛然警醒，似乎是一个身材丰腴的女人穿着高跟鞋咚咚咚地从走廊那头朝这边走来。

他推测出来歌手是让，但没有时间听完那一个乐句，就急忙沿着楼梯往下跑，健步如飞，动作灵活，都是得益于经常上下家里的螺旋梯。楼梯尽头出去是一间小屋子，一侧有两个隔间，另一侧有几个盥洗池，一面镜子，墙面上的几个挂钩上挂着几件女士外套。意识到自己闯进了女衣帽间，他还算镇定，但必须立刻决定是否要从这个房间唯一的出口出去。反正在衣帽间门口被人撞见，或者在衣帽间里面被刚才那个穿高跟鞋的女人撞见，这两种情况都是一样的狼狈。身后高跟鞋的声音越来越近，已经准备下楼。他不再犹豫，从衣帽间出去了。

面前是试听隔间后面的一条狭窄通道。如果顺着通道走到尽头左拐，会看见收银台和传送带，再往前就是店铺前台，再往前就可以出去拥抱自由了！但他转念一想，如果楼上有店员看到他进了那个走廊接着在楼梯那里消失的话，那他就出名了，关于他在女衣帽间游荡的八卦肯定会传开。因为这个耽搁出去的时间绝对是不体面的。于是他选择了另一条路——继续直走，前面有一扇门，位置跟刚才的女衣帽间正好相对，布雷特猜那应该是男衣帽间。右边的墙是整栋大楼的外围后墙，男衣帽间里很可能有出口通向斯蒂芬妮之前提到的后巷，但他不明白为什么女衣帽间没有一扇门通向外面。

他蹑手蹑脚地快速走过这条通道，旁边就是试听隔间，来到通道尽头的时候，突然听到一段施特劳斯圆号的嘹亮乐曲，下一瞬间寂静无声，给人一种不真实感，有如身临仙境。他迅速推开面前的门，走了进去。确实是男衣帽间，里面空荡荡的，比女衣帽间多了一扇门，布雷特走向这扇门的时候没有之前那么忐忑焦虑。他判断男衣帽间应该和商店主体呈直角，跟马金迪珠宝店凸出的那一部分挨着，正好一起围住废墟后方。

布雷特打开门，没有发出一丝声响，一片满是污渍的绿毛毡闯入眼帘，挂在门框上，直垂到底。这块毛毡很显然是为了隔音，但也很容易让人想起埋在心底的童年阴影。他小心翼翼地掀开毛毡一边观察对面的环境，只看到一间空旷的车库，这景象更是让人倍感阴森。车库一片凌乱，东西乱糟糟地堆在里面没人收拾。车库门完全卷起，可以看到外面铺着鹅卵石的小巷，昏暗的阳光从这里渗透进来，也无法穿透里面的沉闷氛围。两辆货车并排停在车库，离布雷特较远的那辆车身贴着灰黄条纹的图案，是凯利特唱片店的标志。另一辆货车相对较小，车身没有什么装饰，很普通，在晦暗的日光下勉强可以分辨出是一辆深蓝色的车。这辆车和毛毡门帘之间有两个男人，坐在倒放的箱子上，背对着布雷特。他们就那么坐着，没有抽烟——当然在车库也不能抽烟——也没有喝茶，甚至两人也没有任何交流。布雷特并未被这两人的"闲适"所感染，而是有些吃惊，因为两人一动不动，也没有交流，确实很反常。还有一个细节也很反常,这两个男人一个穿着蓝色西服套装,另一个穿着夹克和法兰绒长裤,都不是货车工人开车卸货会穿的那种满是油污的工作服。他灵光一现,恍然大悟——他们在等人。

布雷特盯着两人的背影,在记忆中搜索了一遍,发现自己并没有见过这两个人。但那两个人不一定就没有见过他。谨慎起见,他还是打算放弃这条路,按照刚才的想法直接从店里走出去。布雷特正要轻轻放下帘子转身离开,突然手上动作一僵,目光被地上的东西吸引。

车库地势较低,他站的地方与车库之间有三阶石质楼梯连接,阶梯凸起与墙面形成一个角落,靠里面这一边的角落里叠放着一对车辆号码牌。

布雷特只能看到车牌号的最后一位。有那么一瞬间,他想试试能不能悄无声息地把车牌捡起来然后离开,但还是决定不要冒险。他没有惊动那两个人,合上帘子,关好门,镇定自若地走出卫生间,大步穿过隔间中间的通道,将包好的唱片交给收银员,心中祈祷这个收银员是个粗心大意的人,或者一心沉浸在自己的世界里,这样就不会注意到有一位顾客之前顺着楼梯上了楼,更不会注意到这位顾客没按原路返回就出现在了一楼。结完账后他走向前台,中途没有人迎上来询问,也没有人看他,最后终于顺利走出了凯利特唱片店。

布雷特懒洋洋的身影杵在门口，盯着古兹曼的车看了一会儿。他想到《猫》里面的歌词，顺便还改编了一下："他重达九千磅，不然我就是说谎[①]。"他现在得去看看马金迪珠宝店的车库能不能找到什么有趣的线索，但他不能亲自去后巷，也不能随便叫某个侦探过来。布雷特扫了一眼表，走向马金迪珠宝店。

两个男孩从后面走来，与他擦肩而过，只一眼就知道他们是五年级的学生。海军蓝的校服帽子上有两条白边，徽章是城堡大门的图案，布雷特好多年都没有看到过这个图案了。他看着这两个男孩的背影，眼神中充满遗憾，片刻之后浮上若有所思的神情，跟在他们身后往前走。

这三人组合沿街走了很远，直到布雷特估计从凯利特唱片店的位置看不到他们了，才快步赶上那两个男孩。他们正在兴致勃勃地讨论板球，虽然现在不是板球比赛的季节。

"早上好。"他说道。

他们以恰到好处的欣喜和热情向他问了好，布雷特很是欣慰。接着他介绍了自己的身份，刚开始那两个孩子很警觉，这也无可厚非，紧接着他们的表情变得兴致盎然，转眼间又有些礼貌疏离。其中一个孩子心中的疑惑都表现在脸上了。

---

① 这里原歌词为："He's a twenty-five pounder or I am a bounder"。

"我只能给你们一张私人名片，"布雷特掏出一张名片递给那个满脸怀疑的孩子，"不过你们往警局打个电话就可以证实我的身份，警局电话你们总知道吧？但在打电话确认之前，你们可以帮我一个忙吗？"

那个孩子正看着手中的名片，闻言抬头看着布雷特。

"先生，我能留着这张名片吗？"他问道。

"当然可以。"布雷特有一瞬间十分庆幸自己提前在名片上撒了大量的指纹粉。

"谢谢您。"那个孩子很明显心中安定了不少，将名片一丝不苟地放在一个半新的钱包里，"您要我们做什么？"

"你们看，人行道那边的女式帽子店和画廊中间有一条小道，从那进去走到头有一条小巷，跟这条街平行。你们顺着那条小巷往前走，像刚才一样正常聊天，最好能四处观察观察，就好像你们平常喜欢探索伦敦的偏僻小路或者犄角旮旯的地方，来这儿也是为了探险。往前大概三四十米有一个车库，门开着，里面有两辆货车，一辆是灰黄相间，另一辆是深蓝或者深绿色。如果你们能看清楚那辆深色货车的车牌号，就尽量记下来。然后往前走还有一间车库，门关着的话就算了。门开着的话，就看看里面有没有车，或者有没有什么人。如果是个空车库，你们路过的时候，尽量留意一下大概的样子。全程要自然一点，随意一点。放心，只要不表现得很刻意，没人会留意你们两个，就算看到你们也不会多想。你们走到下一个路口就从那出来，我就在菲奇街和广场交界路口拐角的电话亭里面等你们。不用担心，不会有危险。你们可以吗？"

"没问题的，长官。现在就去吗？"

"现在就去。"

布雷特转身过马路，来到菲奇街另一侧往回走。古兹曼的车还在凯利特唱片店外面停着。他走到街角，打开电话亭的门进去。

他随便找了一个唱片界名人的电话，然后拨号。恰巧这位名人就在家。布雷特不想引起怀疑，就没有透露他的真实身份，自称是伦敦西北歌剧集团中一位唱片爱好者。这位名人曾观看过剧团两次演出，据说还做了评论。

这位名家谦和有礼，他向布雷特保证：美国大都市歌剧院关于《非洲女仆》的唱片数量极少且外部噪声大，几乎淹没歌手的声音，唱片质量差。除此之外，并没有其他刻录让·德雷什克歌声的唱片留存于世。

他透过格子窗往外看，那两个男孩正在过马路，步履轻快，又悠闲惬意。布雷特想，如果他们刚才在小巷里面就是这样的状态，确实也给学校争了光。

他们走到电话亭旁边时，布雷特推开门走出来问道："怎么样？"

"有发现。"之前还满腹疑问的那个孩子现在倒是一脸的兴奋急切。

"我们没看到有人,但车库里停着一辆旅行车。蓝色莫里斯牛津。挺新的。"

"你们记下车牌号了吗?另外那个车库呢?"

从刚开始打过招呼就没再说话的另一个男孩递给布雷特一片纸。

"怎么是记在纸上?你们俩没有直接站在车库外面抄车牌号吧?"

"怎么可能?我们是在小道里面写的。"第一个男孩脸上涨满了愤愤不平。

"还有吗?"

"另外那个车库没什么值得特别注意的,就是个普通车库。"

"比之前那个整洁。"另外那个比较安静的孩子补充道。

"好的。"布雷特说,"这样就很好了。你们叫什么?"

第一个孩子犹豫着问:"我们做的事情会被宣扬出去吗?"

"这要看你们的意思。"布雷特回答,"但我会跟上司提一提你们两个。我知道可能是我多嘴了,但有件事我必须跟你们强调一下:今天的事情不要跟任何人提起,即使是家人也不能说。我通知可以说了你们才能说,这一天肯定会来的,不要担心。不过你们两个之间可以讨论讨论,别憋坏了。好了,可以告诉我你们的名字吗?"

他们将各自的名字告诉布雷特,然后跟他告别,转身离开了。布雷特把手搭在电话亭的门上准备开门。

"长官!"

布雷特转身,看到第一个男孩跑了回来。

"长官,忘了告诉您我们的地址。"

"我到时候去学校找你们。"

"您知道学校在哪吗?"

"算起来我还是你们的校友。放心了吧?"

男孩点点头:"噢,这样啊,那行。"

布雷特转身进了电话亭,给办公室打电话,大意是通知局里派人来盯着那条后巷的两个出口,如果他描述的那两辆货车单独或一起出现的时候,要立即上报。他把车牌号告诉他们,但提前声明无法保证车牌号的准确性。打完电话,他沿街往自己的车那边走。

布雷特这才注意到天空布满乌云,灰蒙蒙一片,泛着脏兮兮的黄色,像是洗坏了的旧枕套膨胀起来,里面满是蓬松的羽毛。他打开了侧灯,一会儿就该是漫天飞雪了。

如果马金迪是清白的,他会那么煞费苦心地专门提到公爵夫人的唱片吗?他肯定觉得事无巨细都交代出来是很明智的做法。他还准备把唱片给凯利特唱片店，是白给啊！把这个打算说出来是冒了很大风险的。布雷特回忆起刚才在凯利特店里想到他们也不是十分急切地要知道唱片是否真的已经到手了，只知道找对了人，他们能拿唱片换取任何东西，那一刻他觉得凯利特唱片店有些卑鄙，现在想想刚才的经历像发生在一个世纪前。他本来以为古兹曼是他们盘算中的完美人选，因为其他跟古兹曼一样出名，但风评更好的人会需要店里提供证明，保证唱片的正当来源。但他开始相信凯利特唱片店肯定能拿得出来那些材料。马金迪应该在和凯利特唱片店或者店里的某个人合作。杰弗里是他们的下线，以音乐方面的渊博学识为桥梁，结交斯蒂芬妮。不是因为喜欢她，也不是为了顺带吸引她的注意，他真正的目的是调查在废墟那里能否听到隔壁地下室的声音，调查她是否曾经听到过什么，进而套出在马金迪珠宝店能否发现或者已经发现了一些可疑物品。杰弗里今早不用上班——是不是因为他另有任务？马金迪一直在强调他对唱片店有多么厌恶——先是提到凯利特就黑着一张脸，这样的表现完全没必要；又是在唱片店跑来投诉，或是警告斯蒂芬妮的时候表现得十分恼火。他生气是为了斯蒂芬妮着想吗？不，与斯蒂芬妮无关，只是因为唱片店来告状的方式粗暴无礼。换句话说，凯利特唱片店这样的行为不仅鲁莽粗俗、令人震惊，而且公开宣扬了他们对废墟那块地的占有欲和购买意向。唱片店占地已经很广了，为什么还想买下那片废墟呢？可能是要避免那些充满好奇心的无关人员发现他们的地下室，方便他们为自己遮掩。

布雷特突然意识到，他肯定要跟凯利特唱片店的店主打交道。那些小喽啰肯定一个都跑不了。为什么？是因为他们把偷来的德国宁芬堡雕像和法贝热烟盒藏在地下室吗？那几次抢劫收获颇丰，店里也是赚得盆满钵满！两边的情况正好对上了，而且幕后操控者应该是同一人——一个头脑清晰、深谋远虑的人。这个推断在以前看来毫无根据，但却有其合理性。可是一想到自己还要向威兹德姆长官申请调人去突袭凯利特唱片店的地下室和马金迪珠宝店，布雷特就觉得不寒而栗。或许，采取行动的最佳时机已经过去了。现在离直升机到达没有多少时间了，由此可见地下室可能没有什么可疑之处，除非里面确实藏着一些东西留备他用。

那辆深色货车和旅行车必须盯住。布雷特有很强的预感，那两个人肯定是在等着出发去里奇伯勒，但毕竟采取行动需要更有说服力的证据。可仅仅因为理由牵强就放弃这个大好机会，事后他自己可能会后悔。六点三十。他们可以不用提早出发，除非需要为了以防万一和混淆视听而故意绕路，或者是在中途收到命令改变目的地。但很明显那两个人已经准备好随时上路，只等上面一声令下。布雷特想到这皱起了眉头。就算他们现在就出发，A2号公路是他们出伦敦的必经之路。而且刚才已经打电话叫人来守着小巷出口，现在应该已经都就位了，那么巡逻队很快会知道车牌号，再加上圣诞节堵车的情况，抓他们基本不用大费周章。这也算是新情况，贝多斯可能也会加入抓捕小队。

"正合我意啊。"贝多斯说，"微型汽车配上劳斯莱斯引擎。还仨！天哪，上面真是大方。对了，为什么不从罗彻斯特和锡廷伯恩调人来换岗啊？"

布雷特申请汽车的要求得到了上峰一通苦口婆心的训诫，说他太奢侈，不知俭省。最后上峰忍不住还剜了贝多斯一眼，发泄在人前忍了很久的怒气。"因为他们可能会拐出 A2 号公路。我越想越觉得他们会故意绕道，迷惑我们的视线。但我不知道他们为什么现在还不出发。跟着的时候你们可以随时换人接替，走之前弄一个接替时间表出来，或者用无线联系也行。你们自己看情况。"布雷特私心希望他们用无线，毕竟之前已经被批评奢侈，不名副其实一点都觉得可惜。他补充道："要是从伦敦到坎特伯雷都用同一辆车跟踪，不觉得这样傻得离谱吗？能顺利跟到查塔姆都是你们撞大运了。他们后面肯定会故意绕来绕去，或者豁出去了直接停车打电话通气，完全不把你们放在眼里，又或者，慌张之下加速往前冲，撞墙上也有可能。所以,不管是因为没能顺利通过检查站,主动还是被逼无奈,他们都会给同伙传信,通知对方悄悄从里奇伯勒撤退。总之,你们一定不能打草惊蛇,他们必须一路顺利到达。"布雷特停顿一瞬,问道:"那边的天气怎么样?"

"曼斯顿已经下了两次雪了。"说起这个贝多斯神情有些阴郁,"他们那边的风标显示马上会有一场暴风雪。肯特郡也挺惨,就快埋雪里了。培根勋爵的鸡后来怎么样了[①]?"

"鸡没事,是他自己出事了。再说不是培根勋爵,是维鲁兰男爵[②]。分局长那边有情况吗?"

"找到了伊万的医生,为人古板,但对自己的专业技能很有信心。医术不是多么出众。可惜他只能在租的房子里做手术。分局长不动声色地在后面转了一圈,跟他的秘书弗兰纳里夫人聊了聊,她肯定见过所有的病人。国民医疗保健制度施行之后,伊万每周都来,雷打不动。要治鼻子用的药水,看胸闷的毛病,还有一年用量的彩色药水。大概一个月之前,他还跟伊斯灵顿的几个病人抱怨睡眠不好。"

[①] 1626年3月底,英国文艺复兴时期哲学家弗朗西斯·培根坐车经过伦敦北郊。当时他正在潜心研究冷热理论及其实际应用问题。当路过一片雪地时,他突然想做一次实验,他宰了一只鸡,把雪填进鸡肚,以便观察冷冻在防腐上的作用。但由于他身体孱弱,经受不住风寒的侵袭,支气管炎复发,病情恶化,于1626年4月9日清晨病逝。

[②] 弗朗西斯·培根1618年晋升为英格兰的大陆官,授封为维鲁兰男爵。

"那医生是正规药剂师吗？"

"他们还在查。"

"不过也无所谓，很明显不是。"

"确实——镇静剂的话，一个月，每晚一片，每次可能拿个五十片，足够了。对了，伊万还跟他打听过有没有可能把他祖母送进精神病院，相当于直说他打算这么干，问问能不能成。"

"什么时候的事？"

"好几个月之前。不过到头来也不了了之了。不是闹得太过分，应该也不会想要把人塞到精神病院去，有没有床位还是个问题。对了，布莱特路六号住着一家姓恩丁的，那家的女儿今天上班路上来了一趟局里。分局长正慰问我昨天受伤的事情，那会儿她就在办公室外面。她说两周前的一个周六晚上，她见到了十三号住的老奶奶。本来我也不想拿这种小事来烦你，主要是这个时间很凑巧，再加上这个案子情况复杂等原因，想着还是告诉你一声。"

"不会是在街上看到的吧？"

"没错，就在街上。那个女孩每周六都要去跳舞，所以很确定日期。她刚从布莱特路拐到高街的时候，奥尔加也正好从高街往布莱特路走，两人差点撞到。"

"那会伊万应该在橡树酒馆。米内利夫人呢？她之前没提到卡鲁金夫人出门的事情。"

"你想什么呢?她又不是奥尔加的保姆。那天晚上米内利夫人自己可能不在家。"

"是的,没错。周六晚上——可能是去教堂忏悔了。"

"奥尔加呢?"贝多斯装作一脸天真的模样。

"这个你能没想到?应该是刚给马金迪寄过信,从邮筒那回来。"

"那你还是要去跟踪那胖子?"

"当然了。"

贝多斯随手拿了一个曲别针,费了大力气想把它掰直,说:"好吧,你决定就行。"

"谢谢你的理解和支持。有件事没来得及告诉你,但我现在得梳理一下案情,从头开始。对了,福克斯通那边给我准备的是什么车?"

"银灰色沃克斯豪尔,这是车牌号。"贝多斯递给布雷特一张小纸条,明晃晃的委屈挂在脸上,布雷特想看不出来都难。"后备厢没锁,钥匙在一块布下面。"他停了一下,又问:"马金迪身边会有一整个车队护送吗?"

"希望能看见眼熟的人。"

"你可别想着一个人横扫全场,脑子一热做什么蠢事。"贝多斯觉得自己这话里面的担忧有点太直白,脸上顿时红彤彤一片。为了缓解尴尬,他很快又开口解释:"我的意思是,他们这回是涉嫌杀人,不是抢了几个瓷器那么简单。不管换了谁去调查，都有丢命的风险，还很有可能当众出洋相。"

"这么关心我啊！"

贝多斯当即做了一个呕吐的表情，否认自己对他有任何关心和担忧，接着又端正了神色，问道："那如果马金迪没有嫌疑呢？"他冷不丁抛出这么一个谁都拿不定主意的问题，好像就是为了欣赏一下布雷特慌张无措的样子。

"那你真的想象不到我能松多大一口气了。"布雷特轻声回答道，"得出发了，现在万事俱备，只欠东风。"

"行动结束在坎特伯雷见？"贝多斯语气中充满遗憾，"哎，万一马金迪在查令十字站看见你了怎么办？"

"就你知道怎么好好坐火车啊？路上我就在车厢待着。"

"不来点正经美味的英式午餐？"

"我走之前吃。"

贝多斯看了一眼表："这会儿也该喝点土豆汤了。那俩货车司机也挺贴心，不着急走，我们还能吃点东西。今天食堂上了很多好吃的，保温瓶装好的汤、晾好的火鸡肉，还有面包条、百果馅饼、咖啡……"

"烟熏鲱鱼和蛋奶沙司。"

"行了，我肯定是要去大吃一顿的。哎——"贝多斯这会儿情绪高涨，眉飞色舞的，"还记得上次那老兄弄错了保温瓶,把牛尾汤倒进他的加糖牛奶里面的事情吗?"

"肯特勇士号"列车要晚点四十分钟才能到福克斯通。这还不算特别糟糕,毕竟贝多斯说过会儿有一场暴风雪从英吉利海峡席卷而过。到时候就真的是天神们在打枕头战了,漫天飞舞的鹅毛大雪肯定会影响行动。更别说一路上他只能窝在狭窄的列车员车厢里,越发觉得难熬。布雷特突然好奇他们招聘列车员的广告是怎么写的——旷野恐惧症欢迎申请?他活动了一下四肢,从小小的栅栏窗户里往外瞧,有种身在监狱的错觉。过了阿什福德以后火车停了一会儿,天色渐暗,沉寂中蔓延着一种不安的气氛,预示着暮色将至,暴风雪的脚步也越来越近。周围的景色仿佛也变了样子。视线之内,一片荒芜泛着盈盈微光,恍惚间仿佛身处月球。远处的山丘也不是白天的模样了。北唐斯丘陵在黄昏笼罩下慢慢褪去绿色,绵延起伏的山脊投下朦胧的阴影。多年来的风化堆积,以及古代罗马人或英国人的多次地下土木工程建设,让这一片丘陵更显沧桑。在布雷特眼中,这片丘陵化身为一头在镣铐中挣扎的凶狠鲸鱼,身体被紧紧缠绕,伤痕累累。周围烟雾缭绕,犹如幽境一般。火车顺着缓坡悄然行进,布雷特想,大抵没人能用镣铐制服这庞然大物,甚至脑子里都来不及升起这个念头,就会在顶天立地的浩然之气下畏惧不已,深深拜服。

火车渐渐慢下来，随着惯性往前滑行，司机控制得当，刹车平稳。列车员滑开车厢门，雪粒子就像切蛋糕时洒落的糖霜一般，扑簌簌从车顶兜头而下。布雷特只觉劲风如刀，割在身上毫不留情。他在列车员后面探出身子，看到一座小型车站离他们越来越近。旁边的站台又长又窄，出口跟火车后部的距离极近，这样很不方便他隐藏行迹。他有些疑惑，为什么要用这么一间玩偶房当火车站呢？可能因为这毕竟不是登艇站，也不是布赖顿那样的大型终点站，只是小镇里一条支线铁路的普通火车站而已。车站很干净，用明亮的黄色和绿色装饰。英国南部火车站都是这个样子，可能是为了表明这里通向沙滩和海边，但在这样的隆冬时节，只有一望无际的萧索景色。

列车停了下来，布雷特缩回身子，看着车门像甲虫翅膀一样伸展开来。第一位下车的乘客是斯蒂芬妮，一头金发未加装饰，穿着黄色雨衣，手里提着包。很显然她之前回家经常走这条路，火车线路摸得很熟。她脚步轻快，从门口走到围栏只用了三步，但穿的鞋有些薄，雪天肯定会冷。她像只身姿矫健的黄鹂鸟似的，不一会儿便消失在了站门后。布雷特想知道她那满嘴甜言蜜语的圆润老板在哪儿？他只知道马金迪在查令十字站的时候去餐车吃了饭，现在还在餐车上吗？总不能一直打瞌睡，一睁眼直接到多佛了吧？

就在这时，马金迪手里抓着他的小行李箱出现在门口，那个小箱子布雷特之前留意过。他身边跟着一位中年妇女，可能是在车上认识的，萍水相逢而已。布雷特有些犹豫要不要在他之前溜下车，不过他计算了一下时间，打消了这个念头。马金迪离围栏很近，他要是现在过去的话肯定会被发现。多等一分钟也没关系，车还没开。布雷特看着马金迪慢慢悠悠地往站门溜达，还要跟那位女士再聊一会儿天，心里暗暗祈祷他能快点走。他默默数着：四米，三米，两米，可以走了。

他跟列车员匆匆告别，赶忙跑下车，小心翼翼地靠着站台这边一间间办公室的门往前走。他不能太快，要给马金迪一些时间跟那位女士告别。布雷特走到收票员身后隐住身形，探头往围栏那边瞧。马金迪和那位女士背对着他，旁边停着一串锃光瓦亮的出租车，一辆跟着一辆接了客人绝尘而去，有点像凯利特唱片店的传送带。马金迪和那位女士握手，准备离开。怎么是出租车？不是自己开车吗？惊疑不定的布雷特在车拐弯开走之前迅速记下了车牌号，把车票塞给收票员之后立刻飞奔出去。

他四处张望找那辆银灰色的车，右侧的下坡引起了他的注意。出租车源源不断地向坡底涌去，尽头是一面墙，与车站围栏方向一致。恰好，熟记于心的车牌号闯入眼帘，布雷特赶忙跑过去，猛地掀开覆盖着厚厚积雪的后备厢，撩开里面的布拿走钥匙。马金迪坐的那辆出租车已经走到斜坡尽头准备右拐了。右拐？应该是要往镇上去。只要引擎不在中途掉链子，他就能追上。

布雷特砰地一声关上车门。插上钥匙打火，发动引擎，一阵轰鸣声传来，他心里带着一股雀跃和激动果断踩下油门，冲下布满石子的斜坡。到坡底之后他停住车子观察路况，畅通无阻，于是他转动方向盘向右行驶。车子缓缓向前，他突然有种不祥的预感，果然，看到马金迪坐的那辆出租车靠着路边停下，他下了车。布雷特脑子里一个警醒，直接加速从旁驶过，停在二十米开外的路边，坐在椅子上转过身盯着。马金迪穿过马路来到对面的公交站。是斯蒂芬妮。她在往前走，身上还是那件黄色外套。马金迪快步追上跟她说着什么，她犹豫了一会儿，最终跟着马金迪上了出租车。布雷特若有所思地转过身，马金迪刚才邀请斯蒂芬妮搭他的便车———一直送她到家吗？还真是大方。如果他真的有嫌疑，就不应该有这样的举动。那辆出租车向他这边开过来，他来不及深思，假装俯身捡东西，不过这时天色很快暗下来，他们也不一定能注意到后面跟着一个笨手笨脚的莽撞人。布雷特打开前灯，不动声色地跟了上去。

出租车司机肯把马金迪送去唐斯，说明路况应该不会太差，那么马金迪为什么一反常态没有自己开车呢？还是说他以前就不是自己开车？斯蒂芬妮说过马金迪把车放在福克斯通站了。但车库在哪呢？也没看到任何出租车库，甚至连一个挂锁、一片油污破布都没有看到。斯蒂芬妮和马金迪之间存在雇佣关系，所以是不是也不能轻易相信她？可是她那么年轻，性格也很好，不仅告知他马金迪的住处所在，还提供了其他重要线索。但他是警察，不能感情用事，即使这个过程竟然让他觉得痛苦万分，最终还是硬起心肠，做好思想准备迎接最坏的结果。

他随着那辆出租车左转，道路一边整整齐齐坐落着一排精致别墅，另一边却是一排废弃的花园。出租车突然停在了前面不远处，布雷特一直保持警觉，赶紧停在了路边一辆货车后面。他没想到他们会在这儿下车。出于好奇，他小心翼翼探头出来，看到马金迪正在结账。出租车离开之后，马金迪打开路边一座整洁房子的侧门，沿着小径朝车库走去。他准备打开车库。

布雷特不懂为什么马金迪这老家伙的房子离车站这么远。不过这不要紧，重要的是斯蒂芬妮的嫌疑现在没那么大了。布雷特记不清斯蒂芬妮当时说的是福克斯通站还是福克斯通。于是他掏出地图，将福克斯通和坎特伯雷所在的那一面朝上放置。马金迪家所在的村庄巴顿离 A2 号公路不到两公里，在这个村子买房有些奇怪。肯特郡，人人都知道肯特郡盛产苹果、樱桃、啤酒花，还有漂亮女人。布雷特觉得还得加上暴风雪。帕丁格在这条路往东大约五公里处。马金迪是准备开车送她吗？要是他今天下午另有打算，应该就不会送她了吧？除非她也是共犯。布雷特又尝试以旁观者冷静的视角沿着这条线往下想，没多久就放弃了。他还是不想接受这个假设，等血淋淋的事实摆在眼前再说吧。他可以相信马金迪是清白的，比旁边房子女贞树篱上的花都要清白，也可以相信自己是个被蒙在鼓里的傻子，白费力气跟了一路，但就是不愿相信斯蒂芬妮是共犯。

布雷特刚把地图随手丢在旁边的座椅上，就被眼前一幕惊得低呼出声。他们从车库出来了。马金迪这老家伙，简直是个彻头彻尾的老古董。他开的那辆车就像一个巨大的黑箱子，目测得有三十年了，车身用橡木、黄铜制品装饰，要是再放上几朵百合花，活脱脱一辆枢车。布雷特可以肯定，这辆车看着老，但在丘陵地带行驶绝对没问题。他们离开一会儿之后，布雷特才跟上。

他在心里默念，马金迪，马金迪？笼罩在马金迪身上的迷雾并未就此消散。比如奥尔加给他写的那些信件。不用检验报告就知道那些信是真的，马金迪不可能一夜之间伪造出那些信件。不过他可能一直留着这些信以备不时之需。布雷特想到这不禁摇了摇头。从未出过门的奥尔加却在一个周六晚上出门了,这怎么解释?如果她不是偷偷溜出来寄信,还漏掉了贴邮票这一步,那事情反而很明显——马金迪是阴差阳错地成了靶子。行李箱呢?应该就是个普通箱子。至于那本《平民之法》,可能就是正常做生意需要了解一些法律常识。凯利特唱片店应该也没什么异常。那张唱片——也不一定就是德雷什克,也有可能是那个时代的另一位男高音。杰弗里追求斯蒂芬妮可能也没有什么深意,只是单纯地出于喜爱。这么说来,那两个车辆号码牌应该也可以找到合理的解释。如果那两辆货车真的在等着什么,而他没有秉持怀疑一切的态度过度解读的话,他们的目的地就不一定是里奇伯勒了。如果货车一直没有出发,贝多斯现在应该正坐着抱怨自己哪儿也不能去,但抱怨也没用。如果布雷特真的猜错了,等着他的将是一双充满控诉的大眼睛,像西班牙猎犬一样盯着他,不过猎犬可没有蔚蓝色的瞳孔。另外,贝多斯肯定会无比失望,能直接打碎他用黑话、鼻音和油嘴滑舌铸成的盔甲,而布雷特不费吹灰之力就能窥见贝多斯的真实想法,这是他设法寻求很久,却始终无法得到的奖品。

　　汽车开出福克斯通之后,路面缓缓爬升,布雷特必须聚精会神才能盯住前面那辆慢慢挪动的老式黑色厢车。以前有罪犯开这么体面的一辆车吗?他问自己,为什么不超过他,放弃跟踪直接去里奇伯勒?他想到了那枚胸针——

被玷污了的礼物,行贿的工具,布雷特因它而蒙羞。况且胸针本身不值什么钱,这是不是说明他们看不起他呢?想到这布雷特更是恼羞成怒。不管怎么说马金迪都得罪了布雷特,因此后者在得到自己满意的结果之前,是怎么也不肯放过他的。

挡风玻璃前掠过一片片雪花。布雷特后面的一辆车正加速赶超,还有一辆紫红色公交车,前面坠着白色须线,像圣诞老人拖着沉重的身子小心翼翼地慢慢下坡。布雷特在拐弯的同时注意到了那辆公交车一直紧靠路边走的原因。道路向左侧倾斜,仿佛一个巨大的汤勺在这舀走了一勺。古人在这里建了土垒,还挖出了一块岩崖,因此道路才能沿着山坡蜿蜒而上。另外,这个弯道可供两辆车并行,但路面上密密实实的一层雪增加了行车困难。

这时,布雷特从后视镜中看到后车车头的散热器时不时冒头出来,想要超车。他原本漫不经心的目光陡然变得锐利。布雷特面临两个选择,要么向前猛冲到滑溜溜的弯道中央挡住路,要么往边上靠给后车腾出空间。但他选择了第三种:以不变应万变,尽量不去想那辆公交车在前面弯道转弯会发生什么。后车离布雷特越来越近,在马上要挨到的瞬间,险险擦过,之后在前方猛打方向回到车道,然后直冲向前。布雷特心想:不要命的疯子。圣诞节。派对狂热。路上就遇到了一个,还这么蛮横。他都有点希望那疯子突然打滑然后滚到一边去。可惜，路上还能看到那辆车的车灯，而且平平稳稳地往前跑。看来马金迪也已经顺利通过了这一危险路段。马金迪倒是无所谓，他担心的是车上的斯蒂芬妮。现在那辆老古董车已经开到陡坡尽头了，不过这只是布雷特的猜测。现在雪越下越大，天色完全暗下来，很难准确分辨哪个是马金迪的车灯。

路面开始变平，车辆行驶在地势平缓的平原地带。路边寥寥几座棚屋和平房在风雪之中伫立。路面倾斜度不大，但无数纷繁的雪花飘然而下使得路面积雪越来越厚。布雷特顾不上许多，径直加大油门，不然马金迪往帕丁格方向拐弯的时候，他可能会跟丢。他叹了口气，心想，为什么一定要跟在马金迪后面走一遍弯弯绕绕的乡村小路呢？为什么不沿着大路直接去巴顿然后守株待兔呢？但转念一想，马金迪可能不会规规矩矩按部就班地走。

布雷特回过神来，猛然发现天地之间好像只剩下他一个人了。飞旋的雪花铺天盖地而来，吞噬了周围的一切，车灯、道路似乎都随之泯灭。他缓缓前行，如果他都被困住了，那马金迪肯定也不能幸免。大家都在路上挣扎前行，都担心轮胎会被厚厚的积雪卡住。布雷特甚至怀疑连直升机都敌不过如此恶劣的天气。雪花被一阵劲风卷挟而起，漫天飞舞。眼前豁然开朗，路两旁的村庄掩藏在丛生的矮林背后，远处闪烁着几点红色灯光，可能是马金迪，也有可能是刚才弯道超车的那个疯子。他们怎么一下子走了那么远？马金迪如果加速的话，那刚才看到的灯是他的还是别人的？突然加速的原因呢？难道马金迪在福克斯通的时候就已经发现自己被跟踪了？

贝多斯提到的暴风雪呼啸而至，纷纷扬扬的鹅毛大雪席卷而下，这样的力量让山野为之颤抖。布雷特盯着挡风玻璃上的雨刷磕磕绊绊地来回摆动，心里想着它们什么时候才能不再嘎吱嘎吱地抗议呢？直接罢工了事不行吗？刚才那半分钟视野开阔的时候，他看到路两旁都是树林，那么通往帕丁格的岔路肯定离此不远。现在除了天边一轮明月，什么都看不清。车子还在慢吞吞往前，这辆车让布雷特觉得心情郁闷，不过也正是因为这样的龟速，才让布雷特没有错过那块标识牌，上面的字迹很浅，难以辨认，写着：帕丁格2号出口。

雪越来越大，万物沉寂于一片莹白之下，路上看不到任何车辆的影子，加大油门或许还能追上马金迪。他一个转向，横在路上，但车胎打滑，外面雪白一片，分辨不出路的边界。接着他发现自己刚开过路口，但是因为着急提速，车轮又一次打滑。现在的情况不容乐观，但他管不了那么多了。这条小路太窄，拐弯的空间不够。所以他继续往前走，车身随着地势颠簸，密密麻麻的雪片迎着挡风玻璃压过来，让人喘不过气，忍不住地想咳嗽，引擎也不住地发出悲鸣。他瞥了一眼仪表盘，车速表才指到十！可这样的天气，如此速度都有些鲁莽冒险。他似乎走到了一个下坡弯道上，又感觉不是。紧接着他发现自己似乎被困住了。雨刷不再来回摇摆，卡在原地，因此前窗蒙上了一层雪雾。他打开窗户，探身出去，一个激灵又立刻缩回来，出去的瞬间只觉得周围一片漆黑，冷风扼喉，衣领瞬间被打湿。现在没有别的办法，也只能停在路边，下车看看能不能把雨刷器修好。

打定主意之后，他缓缓往路左侧靠。车身冷不防猛地前倾，往下一沉，布雷特连忙踩下刹车，拉住手刹，耳边还回荡着刚才自己发出的无声怪叫。沼泽？流沙？一连串的可能性在他脑子里闪过，最终他想到了——是雪堆，他陷进雪堆里了。

布雷特当即挂上倒挡，松开手刹，右脚油门一踩到底，引擎瞬间发出一阵狂响。车轮飞速转动，车子却分毫未退。他又试了一次，感觉车子正好卡在一个比较陡的角度。他不再尝试，呆坐在那里，满腔愤怒，连珠炮似的骂骂咧咧发泄自己的愤懑和压抑，什么难听话都用上了。平静之后，他从座椅爬到后面，拉开围巾绕着脖子围了几圈，缠好固定，保护头和耳朵，然后把外套的领子竖起来，打开后门，小心地探出一条腿试探积雪深浅。他脚下这一块积雪只有大概十厘米深。他叹息一声，抱怨了一句，下车后关好门，往前摸索着走向车头的散热器。

车身现在是向左前方倾斜。他走了两步，突然感觉脚下一空，直接陷进了雪里，开始往下滑。布雷特赶紧攀住引擎盖和挡风玻璃连接的角落，把脚抽出来，转身背对着凛冽的寒风大口呼吸，伸手抹掉凝在眼睫毛上的冰碴。刚才应该是没有看清楚就直接往左转，把车开进了一条沟里，里面厚厚的积雪跟路面齐平，几乎浑然一体。不过还好他开得不快，又有松软的积雪做缓冲，虽然陷了进去，但车子应该只是表面有剐蹭或者凹陷，内里零件是完好的。蓬松的积雪消解了车子的激烈冲撞，却也不好出来，而且车身还在下滑。暴风雪和无尽的黑夜更是让情况雪上加霜，根本找不到木头、灌木这类的东西垫在后轮下面，增加摩擦力，好把车弄出来。

这条路上人迹罕至，也没有编号。有人来的可能性微乎其微，这种情况路人也帮不上什么忙。如果坐在车里等着，那他迟早得跟车子一起埋进去。只有一个办法了。他得徒步走回A260号公路，希望还能遇上路过的车辆，可以载他一程。

他举起手腕凑上去看表，依稀可见指针指向四点十五。他打开汽车后门，撑在椅子上去够丢在前面的地图，举着手电照在上面，越看心越凉。就算他刚回到

A260号公路就能很幸运地搭到车,并且一路疾行至坎特伯雷(这样的天气最快也只能开到二十迈),也不能保证及时赶到里奇伯勒。平克说过,六点半整。他觉得自己赶不到。

布雷特坐在椅子边缘,拿着地图的手无力垂下,整个人沉浸在沮丧绝望之中无法自拔。现在车也开不了了,不能继续追踪马金迪,必须放弃一意孤行跟踪马金迪这个顽固念头。

他凭着一股心劲儿振作起来,把地图和手电塞进口袋里,接着拔下钥匙从车里爬出来。心里觉得这车坏就坏吧,也解脱了,反正也不中用。之后砰的一声关上门,转身沿着来时的路往回走。

布雷特刚注意到雪势渐微,就发现一片片雪花悬在空中,像漂浮在一个大口袋或是一个密封舱里,在主干道上的时候也有过这样的时刻。于是他赶忙打开手电筒,光束一下子喷涌而出,洒在路面上,趁着这一会儿的便利可以观察路面和路边的情况。万物藏在积雪之下,一眼望去棱角尽失,可以勉强分辨出右边有一个浅坑,肉眼看上去极具迷惑性,想必这就是那条沟的起始点,旁边种着树篱,上面可见斑斑点点的积雪。树篱在几米外断开,浅坑的边缘在这里戛然而止,像是有一座小桥架在上面,也可能是在这被填平了一段,一层雪连接起这条小路和那边的田野。手电筒光束所及之处没有发现树木。

他向前走到树篱的缺口处,突然顿住脚步,侧耳听着什么。沉睡在大雪之下的乡村一片寂静,并无声响,但他还是关上了手电,默默等待。

几秒钟过去,他正要放弃这一时兴起的愚蠢念头,突然听到有声音传来。严格来说,很难确定声音的来源,但可以肯定有动静不断逼近,冲破了这一片寂静安详。很快清晰的声音从远处传来——是有人在跑,那个人挣扎着穿过雪地,大口大口贪婪地呼吸着。声音是从右后方传来的,个人在田野一边。他听着声音越来越近,不管是否穿过树篱,那个人跑到缺口处的时候肯定能看到他,他正好站在树篱缺口处。

布雷特看到一个模模糊糊的影子,身材娇小,独自一人,而且没有注意到布雷特站在这儿。这个人此时正踉跄着从缺口处路过,<u>丝毫没有发现外面就是开阔的路面</u>。很快,布雷特发现这个人处于极度恐惧之中,从急促的喘息声中可以判断,是个女人。

他大步穿过缺口,打开手电,光束立刻照亮了树篱里侧。

她僵在原地,好像缩成了一团,就像受惊的兔子被笼罩在车前灯下一样,一动不动,惊恐万分。

"斯蒂芬妮!"他很是惊讶,大步冲向她,"斯蒂芬妮,没事的,别怕。"

她可能是听到了自己的名字,一点点转身。布雷特不再往前,让自己冷静下来,把手电筒转过来对着自己的脸。她口中发出一声急促的惊呼,凭着本能伸出一只手,跌跌撞撞地向布雷特走来。

"是你。"她喊道,"原来是你!是你!"

他紧紧抓着她伸出来的手,什么都没说,心里却是五味杂陈。刚开始的震惊变成警醒,再然后是怀疑。她会是马金迪抛出的诱饵吗?有可能。但这不足以说明她就是共犯。毫无疑问,马金迪可以编故事。她确实吓坏了,紧紧抱着他的胳膊不肯放手。还有别的解释吗?根据刚才的跟踪所见,现在这个情况明摆着马金迪是那个恶人。布雷特在这一刻才真正理解为什么警局要配备女警察。要是他当值的时候,碰到跟眼前的斯蒂芬妮一样情绪极其不稳定的女孩,一定会毫不迟疑地交给女警察处理。

"斯蒂芬妮。"他不得不轻声劝慰道,"出什么事了?你可以跟我说说,说出来会好受一点。"

她开始拉扯他的袖子,像是要拽他去某个地方。"快。"她气喘吁吁地说,"快点,快点。"

"等等。这是要去哪儿?"他不紧不慢地问道。

她不停地拽他,但布雷特纹丝不动。"马金迪先生!"她喊道。

布雷特心中一紧:"他怎么了?"

"我们得报警。"她快哭出来了,"求你了,快跟我来,快点。"

"我就是警察。"他回答道,心中有些疑惑。

她松开手:"什么?"

他接连说明了自己的全名、警衔和所在部门,一边在心里默默告诉自己,他可没有故意偷懒不去救人。她有必要知道自己的身份,或许能让她对他多一点信任。可事实上,斯蒂芬妮惊呆了,愣了几秒,回过神之后猛地后退几步。他没有拦着。

"怎么会呢?"她喃喃道,"你之前就知道?你在这做什么?"

"这些都不重要。你还是告诉我到底出什么事了。不然我没法帮你。"

"好,好的。"她还是有些上气不接下气,"那能把手电关上吗?拜托了。"她恳求道,布雷特有些犹豫,但还是照做了。"好了,好了,这样好多了。我就是想着以防万一。是这样,马金迪先生坐出租车,就之前,他在福克斯通时让我搭了顺风车。但后来他突然告诉我有人追他,然后说他会在下一个转弯处减速,要我跳车,藏在树篱后面,等有车经过的时候,搭车去报警。"

"但一直跟踪你们的是我……"

"不，还有一辆紧跟着我们，我刚跳下车藏在树篱后面，就看到那辆车开了过去。他们走了之后我就开始跑，一直跑，直到你突然打开手电。我以为他们的同伙追上我了，以为他们从我跳车就一直跟着我。当时我都吓蒙了。"

这些话跟布雷特设想的完全不同，他松了口气，心里很想相信她的说辞，但又要谨慎起见，保持怀疑态度。即使当时有人追马金迪，斯蒂芬妮也仅仅是个诱饵，不过不是用来引开他的，而是用来引开追马金迪的那帮人的。可能她胆子小，不敢面对他们，这也能理解，毕竟她很害怕。

"他们为什么会追你呢？"他问。

"我以为穿过树篱的时候他们看到我了。主要是我得停下来埋箱子。"

"什么箱子？"

"马金迪先生的一个小行李箱。他让我找个地方把它藏起来，还要记住藏在哪儿了。我穿过树篱以后把它埋在一棵树旁边了。"

布雷特转而举着手电照向她的脸，没有理会她有些不安的惊呼。他看到她因为灯光直射不停眨眼，紧紧眯着眼睛，对上了他审视的目光，眼眸中充满恐惧、焦虑和迷茫，但唯独没有心虚躲闪。他相信斯蒂芬妮没有说谎，而马金迪则上了他的黑名单。斯蒂芬妮出现在福克斯通对马金迪来说确实是天赐良机。他能猜到会发生什么吗？他之后的所作所为说明他肯定没想到，不然也不会跑这么一趟。斯蒂芬妮就是马金迪情急之下的脱身之计。

"好吧。"布雷特说，"赌一把。"

"赌什么？"

他在心中回答她：赌你没说谎。"赌那个箱子里装的不是太妃糖苹果。马金迪在出租车上有打开它吗？"

"没有。哎，你也一直在跟踪我们？"

他无视了她的惊愕，转而问道："他也没有在车上提前备好一个一模一样的箱子，然后互相调换？"

"没有。"

"行。马金迪让你去最近的警局，你知道在哪吗？不在帕丁格？"

"不是，在另一个方向，主干道那边。有一个警察住在那边，他能打电话给……"

"行，行。我们就去那边。雪下大了，我们得快点。"

"能不能——把手电筒关上？"她恳求道，"开着手电容易被人看到。"

"不开的话我们可能会掉进沟里，我的车刚才就掉进去了，不过不是我自己的车，是肯特郡警局的车。"

"但是——啊？车子撞坏了吗？我们是不是得走

路去？"

"是的。"他的语气不容拒绝，向着缺口处走去。

"别。"她喊道，"从里面走吧。"

他摇摇头。"里面不好走。我们得尽快找到那个警察。而且，如果真像你说的有人往这边来追你的话，树篱也挡不住什么。我刚才没有刻意找你的情况下都能看到你，更别说别人了。我们还不如直接从路上走。"

她无视了布雷特伸出的手，向前走去。他们走过那条沟，向右拐。

"这边有条近路。"她说。

"不行，雪太大了，看不清路。"

"那是条正经可以走的路，一条小道，右边第一个拐弯处就是。那条路正好在一片林子角落，通往主干道上的村庄附近。我叔叔以前开车带我走过。"

"好，那走吧，就当冒险了。"

"冒险？"

"某方面来说，抄近路就是冒险。"

"你从福克斯通就跟在我们后面。"她沉默了一瞬说道，"那你是在追我们还是追他们？"

"不是追，我是在跟踪马金迪。"

"为什么？保护他吗？还是什么？"

"纯属好奇。"他并不想提到刚开始产生这点好奇是因为她昨天晚上说的话。

突然,她停在原地,一把抓住布雷特的胳膊。

"有车来了。"她小声说道,一脸惊恐。

布雷特没有动,凝神去听有没有引擎的声音。此时雪花又密密麻麻扑面而来,打在他的耳朵上。

"你听错了。"他说,"继续走吧。"

她没有放开他的胳膊,两人加快了速度,几乎小跑着赶路。

"他们会不会在我们到那条小路之前就追上来?"她边说着,边大口喘着气,"那我们怎么办?我们——我们会不会有危险?"

"马金迪可能有。"

她的惊叫声中饱含忧虑和痛苦。"他还让我先逃。要是他真的有什么事,我会很内疚的。"

"别自责。"布雷特一脸冷漠,"他让你逃其实是给他减轻了压力,把危险抛给你了。"

"什么?"

"那个行李箱。"

"啊?"她失声尖叫,一脸不可置信,"那里面能有什么?难道是什么会爆炸的东西?"

他忍俊不禁:"马金迪怎么可能随身携带炸弹?你真的不知道里面是什么?"

"不知道啊。哎,看!我们到了。"

布雷特转动手腕,手电筒照向右侧,光束中跳跃着许许多多的雪花,让人目眩,但还是能分辨树篱和那条沟在这里拐了一个大弯。

"那往右走。"他说。

他们转身离开大路,拖着沉重的步伐往前跑,两人都一言不发。这似乎是个上坡,坡度不陡,但路程很长。地面铺着厚厚一层雪,大概十五厘米深,他们将雪踢开,拔出深陷其中的脚,然后再重重踩下,每走一步都十分艰难。风卷着雪花直直打在背上,这还算不上什么,源源不断的雪片扑面而来,都粘在了脸上,本能反应是把它们吹到一边,但这样是白费力气,所以最好是随手抹掉,尽管脸上会湿漉漉的,还有些刺痛,可有效得多。

布雷特不觉得冷,但他有些担心斯蒂芬妮。她的外套很薄,而且在外面待了很长时间。原来的黄色雨衣已经湿透了,颜色暗沉,在福克斯通就见她穿着的那双平底半拖已经看不出原来的米色了,变得黑乎乎的。

"你外套里面穿的什么?"他问。

"工作服,灰色套裙。"

他叹息道:"你怎么在这种天气穿这样的衣服和鞋子?现在可不是展示你'风度'的时候。"

"我又不知道会沦落到这种地步。"

"就算没有沦落到这一步——唉,算了。我们得调整一下步伐,这么跑白费力气,而且也不一定比走着快。"

他们迈步的频率慢了下来,但尽量轻快。

"那辆车开过去之后,你多久才遇到我的?"他问。

"不记得了。当时跟做梦一样,哪顾得上算时间。"

"那你跳车藏进树篱的时候呢?紧急时刻没顾上看表的话,那你有没有正巧看到……"

"没有。"

语毕,两人沉默许久。

"你调查的是谋杀案吗?"她突然问道。

听到她这么问,布雷特一时没反应过来她的意思,回过神之后才说:"照例来说谋杀不在我的工作范围之内,但也碰见过一两次。"

"那你是管什么的?抢劫和入室盗窃吗?这就够糟的了。"

"怎么说?"

"这是很可怕的工作,对吧?我爸爸说所有的警探到最后都会变得跟他们平时打交道的那些滑头一样。"

"是吗?"

"是的。"

布雷特跨步向前,一言不发。

他知道好多人对警察一直都有这种误解,但从来没有人在他面前直截了当地说出来过。当然,斯蒂芬妮没有恶意,可还是能听出来她语气中的冷漠和漫不经心的态度。布雷特也知道她那句一棒子打死的话中并没有暗含侮辱,只是又一次表现了她娇生惯养的大小姐脾气——不会为别人考虑、以自我为中心,而且说话不过脑子。布雷特一直以为没多少人会把那话当真,对他也产生不了任何影响,没想到刚才听见竟然让他有些难受。

雪慢慢变小,几分钟之后就停了。他注意到身侧都是树,转身看着斯蒂芬妮,她正紧靠着他往前走,见他转身就停住了。

"怎么了?"他问。

"我们好像,走错路了。"她的声音很小,几乎微不可闻。

嗓音中的担忧和不安让布雷特生出了恻隐之心,没有对着她流露出丝毫真实感受。

"那条路压根儿不在林子里,"她继续解释道,"应该是在林子左侧边缘上的。"

"那也没事。"他用自己最鼓舞人心的语气劝慰道,"我们虽然错过了那条正确的路,但是前面应该还有路,也可以出去的,只是不从林子边上走,而是穿过林子,应该可以通到主干道上的。"

"但除了那一条,没有别的路能通到主干道上了。林子中间没有路。"

"那——我们现在在哪儿?你对这一片比较熟悉。"

"关键我也不太熟悉。我们家只会在圣诞节或周末来一次,还不是来这,是去帕丁格。"

布雷特多么希望刚才她提出要抄近路的时候就告诉他这个啊。"拿着手电筒帮我照一下,"他说,"我看看地图。"

他扫了一眼这条路,路面越来越窄,比一条小径也宽不了多少。两边的树木外围没有田埂,也没有栅栏,长得整整齐齐,像是比着直线种的。

"这可能是某家的私人道路。"他低声说道,手伸进口袋里摸索着地图,"或者是某个庄园的骑马道,所以附近应该有一栋大房子。不过,这是往好了想。"

突然,他一改之前的随意,开始仔细翻找口袋。

"找不到了吗?"斯蒂芬妮问。

他又找了一会儿,一无所获,才低声嘟囔着:"好像是。肯定是丢在车那边了,当时我没注意,可能往口袋里装的时候没装进去,顺着衣服滑下去了。不过也没什么大问题。在肯特郡不会迷路的。过不了多久肯定能看到有房子什么的。继续走吧。"

他们继续深一脚浅一脚地赶路。

"我要把手电关了。"他说,"你先把眼睛闭上,过几秒睁开之后就能适应了。"

"好的。是因为费电吗？"

"一部分原因吧。"他关上手电。"怎么样，能看清吗？"他等她睁开眼睛之后问道。

"啊，能。但在雪地里面感觉看什么都不对劲。所有的东西看着好像都挺近，有时候又觉得很远，自己都分不清那个东西到底在哪，反正就是不在原地，位置很不固定。"

"那是因为光线原本的方向被改变了。地表有光，但天空是黑的，所以地面没有影子。我觉得那些光应该是向上照射然后被黑夜吸收了。"

她身子微微颤抖，"快走吧。我不想待在这儿。"

"*Quem fugis*……"

"这是什么？"

"维吉尔的诗。"他说道。

"后面呢？"

"*Quem fugis, a, demens? habitarunt di quoque silvas*。" [①]

"听上去好美。这几句是什么意思？"

"来，试试，你应该会说 *quem fugis* 吧？"

"Flies，谁飞？"

[①] 选自古罗马诗人维吉尔的《牧歌》，这一句拉丁语意思是"连神人也住在山林，你疯了吗，为什么要跑？"（杨宪益译）

"是 Fugis。你是聋了吗？然后 quem，是宾格。"

"这样啊？哦，那就是你飞。为什么你要飞？"

他叹了口气，满是无奈："不是为什么，是宾格'谁'，而且是跑，不是飞。然后——a, demens。"

"好吧，a's 也就是 ab，从某个地方，跑走，那就是'你要从谁那里跑走'？"

在幽暗的光线之下，他紧盯着她看，没有看到她那狡黠又透着风情的笑。

"就是'啊'的意思。"他很平静地解释，"你也可以理解成'哦'。继续——a, demens。"

"噢——哦，demon？恶魔？"斯蒂芬妮仅凭发音大胆猜测道。

"De-mens。"他把音节分开慢慢教给她，"知道 mens 是什么吗？"

"month，一个月？"

他忍不住哀号："是 mind，头脑！Demens 就是头脑不清醒，疯了，精神失常。"

斯蒂芬妮笑起来，说："你这个人，再加上你的鼻子，放古代绝对是一个——罗马人。"

"我的鼻子一点都不罗马，太长，而且鼻头太突出。"

"但你的鼻梁不平。布雷特……"

"我的名字又没缝在外套上。你是怎么知道我叫什么的？"他说着话，有点心不在焉。

"我看到你妻子在厨房给你留的纸条了——前提是，克里斯蒂娜就是你妻子。"

"从头到尾都看完了？"他问道，"挺厉害的。"

"我刚才想说。"她的语气突然变得很窘迫，"前面好像是一片空地。"

"我老早就看见了。"

他望着前方树林尽头的空地，离他们十几米远，积雪静静地覆盖在上面。

"那句诗后面还有吗？"斯蒂芬妮这会儿情绪高涨，蹦蹦跳跳地往前走，"你该不会只知道那一句吧？"说着哈哈大笑起来。

"啊，你疯了吗，为什么要跑？"他开始念诗。

斯蒂芬妮僵住了，一动不动。这次布雷特的声音也没能起作用。

一个男人悄无声息地从树林边走出来，站在小径尽头，等着他们。

布雷特强迫自己继续往前走，边念着诗："连神人也住在……"

四周漆黑一片，布雷特听到有声音，一会儿震耳欲聋，一会儿又微不可闻，仿佛就在耳边，又仿佛离得很远,这种感觉就像在火车车厢中半梦半醒之间听到水手们在互相交谈一样。布雷特默默听了一会儿,突然意识到自己不可能在火车上,因为——水手怎么会在火车上呢?他不知不觉又陷入了沉睡。

几个小时之后,他使劲睁开沉重的眼皮,把白色床单和被子踢到一边,看着它们滚入黑暗。就说嘛,怎么可能在火车上,这明明是托儿所的床。布雷特因为发热出了不少汗,身上一凉猛地一个哆嗦。壁炉里一个水壶正烧着水,嘶嘶地叫嚣着。炉火正旺,但火光太过明艳刺眼,让人无法直视。炉火前颀长的身影晃来晃去,时不时会挡住火光。那是他的母亲正在和护士低声交谈,讨论怎样能让他快点好起来。布雷特闭上眼,又睡了过去。

醒来之后他觉得身体很不舒服,自己绝对是病了。天还没亮,但克里斯蒂娜肯定已经起来了。布雷特迷迷糊糊之间看到一个朦胧的影子在房间中走动,那是克里斯蒂娜正在穿衣服梳头。梳妆台上的灯亮着,灯光炫目,布雷特几乎睁不开眼。克里斯蒂娜肯定把收音机也带进卧室里了,因为他听到了另一个男人的声音,在播报今日的早间新闻简讯。

他动动脑袋,感到胃里一阵翻涌。他不敢轻举妄动,静静躺着,等这一波不适感慢慢缓解。意识回笼,他发现自己头上和手上盖的被褥都被冷汗浸湿了,想把它掀开,但自己好像动不了。疑惑了几分钟，只想到一个解释——他瘫痪了。

他张开嘴想叫克里斯蒂娜过来，喉咙滚动，却发不出一丝声音。他无声地用力嘶吼，还是没有任何作用。紧接着无尽的绝望让他明白过来：克里斯蒂娜已经走了，更糟糕的是她可能从未出现在这，刚才只是他的幻觉。她不知道自己的丈夫现在瘫痪在床，成了哑巴，孤苦无助。他被抛弃了。

突然，一滴水溅在他的脸颊上，滑落至下颌。他感到一个坚硬的东西抵在他的嘴上，冰凉的液体缓缓流入。他出于本能吞咽，感到喉咙火辣辣的。是白兰地。

他一个激灵醒了过来，长叹一口气，如释重负。他又像以前一样，差点做了噩梦。原来他没有发烧出汗，而是躺在雪地里；也没有瘫痪，而是被捆起来了。从雪缝里滑下来的时候肯定撞到了头，晕了过去。巴伐利亚阿尔卑斯山脉真是暗藏危机。当然，也不是没人管他。克里斯蒂娜和莱因哈德去找救援了。这就说得通为什么刚才尝到了白兰地的味道，应该是从一条圣伯纳犬脖子上拴着的小酒桶里倒出来的。一条狗唤醒了他——就像，就像他最近听说的，同样的事也发生在了别人身上。救援队正在努力救他，把他捆好之后拉上来，转移到安全的地方。刺目的探照灯让人睁不开眼，耳边是直升机引擎的轰鸣声……直升机……

直升机。布雷特睁开眼,一时间天旋地转的,好像自己被拴在马戏团轮盘的轮辐上一样。终于,轮盘停了,看起来比正常尺寸要大上许多,原来是因为从下往上看让他产生了那种错觉。他正躺在地上。布雷特这次很清楚自己是真的醒了。他想起了自己身在何处、刚才发生了什么事,现在又在经历着什么事。此时的他,被人五花大绑,抓着肩膀向前拖行,穿过肯特郡一片林子里的雪白空地。之前在林间小径上,有人从后面敲晕了他,敲晕贝多斯的会不会就是这个人?他也很清楚是谁让他沦落到现在的境地——斯蒂芬妮。

噩梦中的反胃感冲破幻境向他袭来。"我想吐。"他有气无力地说。那人无动于衷,还是拖着他往前走。"停下!"他有点透不过气了,"我说真的,停下!"

那人终于在布雷特快要忍不住的时候,凭着一丝恻隐之心,快速将布雷特翻了个面儿,脸朝下对着雪地,抬起他的肩膀,托着他的头。那一瞬间,布雷特的脑子一片空白,只剩下呕吐带来的恐惧不安。离上次这样吐得昏天黑地已经过去很久了,他都差点忘了,反胃不会让人极度痛苦,也不会有生命危险,但那几分钟的束手无策更折磨人。他只能感觉到不断上涌的呕吐冲动,这期间,生命不再鲜活,变得黯淡,时间突然凝固,这样的煎熬似乎永无止境。但万事终有尽头。反胃的感觉减轻之后,紧接着一阵刺痛从脑后传来,迷乱之间,视力、听觉和触觉也慢慢恢复。他此刻只想一个人躺在黑夜中,无人打扰。布雷特发着抖,慢慢转动脖子,想找个地方靠一靠,正好旁边有条胳膊,他顺势将脑袋倚在上面。

那人又把他翻过来,让他靠在膝盖上。不管那人是谁,至少还拿了一张干净手帕给布雷特擦了擦嘴,还让他擤了鼻子。

"交给我们吧。"是一个男人的声音。

胡乱翻找了一会儿,那人拿着一瓶白兰地举在布雷特的鼻孔下面,布雷特费力地摇摇头,小声说:"水。"

周围有短暂的静谧。

"给。"刚才那个人说。

布雷特感觉到一个冷冰冰的物体靠近嘴唇,他张开嘴,却被人胡乱塞了一口雪。布雷特吃了一惊,忍不住打了个冷战,雪在嘴里化开,咽下去之后,终于觉得好受了一点。

"达斯特下手太狠了点。"之前那个声音嘟囔着。

"他又不知道那是警察。"

"知道也不会手下留情。张嘴。"

布雷特被人喂了第二口雪,他咽了下去。

"你小子就是不嫌事儿大是吧?"第一个声音接着

说,"不知道警察正追在我们屁股后头查呢?有机会的时候还是想想怎么赶紧脱身吧。"

"肯定是凑巧了。警察怎么会这么蠢。"

"你不知道,那群警察蠢得要死。"第一个人的语气很是不爽,"张嘴,来口这个。"

这一次布雷特没有拒绝递来的白兰地,但那人很快就拿走了,他只来得及咽了一口。

"你们在干什么?"第三个声音响起,"磨蹭什么?说了把他给我弄进去。"

第三个人的声音响起来之后,布雷特才彻底清醒,终于能分辨出前两个人声音的不同。第一个人语速很快,嘟嘟囔囔的,布雷特听着很耳熟,他应该见过这个人,具体哪一年不清楚。第二个人和第三个人的口音很明显,肯定是来自中产家庭。而且,布雷特依稀认得第三个人带着鼻音的声音。

"咱们的斯坦兄弟,觉得警察都很蠢。"第二个人说,"而且他对这位警察先生照顾得可是无微不至,不知道的还以为是照顾自己亲妈。他觉得警察一直盯着我们,竟然还挺高兴。"

"我心里有数。"第三个人说,"不会有问题的,要不我们早就收到信儿了。你们不想拿钱了吗?"

"什么钱?"斯坦的声音响起,"你别忘了,现在我们手里什么都没有，反而惹了一屁股麻烦。"

"那又不是我们的问题。我们这边已经尽力了。不管怎么说，她应该能帮上忙。快，把人弄进去。"

"怎么听不懂好赖话呢？"斯坦强烈抗议，"我刚会骂人的时候就已经进过局子了。你就该把这行动不便的老东西扔在这，几天，哪怕几周都不会有人能找到这的。你听我的——两辆车，前后紧跟着走，一直开到部队驻扎的那块平原一英里以外的地方。"

"不要在圣诞节搞这些。派对……"

"我们得在一辆车上，全速前进。"

"可能坐不下。而且一辆车里塞太多人，很可疑。"

"别在圣诞节。"斯坦闷闷不乐地反驳道。

"行了，就那么办。听我安排。你跟他们坐这辆车后面，达斯特开车。提姆，你开我坐的那辆，没问题吧？斯坦，快点，别磨叽，没多少时间了。把他抬起来。"

"那过来帮个忙啊。"斯坦大声叫道，"光我们抬不动！"

远远传来一声拒绝，布雷特也没听清楚。

"这狗杂种，看不起谁啊！"斯坦恶狠狠地骂了一句，"狗屁公学！嘿，达斯特！过来帮把手！"

又来了一个布雷特没见过的人，走近之后，跟他们两个一起抬着布雷特，就像护士抬着一个瘫痪的病人。当他摇摇晃晃被抬起来之后,两道炫目的光束如离弦的箭一般投射在雪地上,激起一片莹莹亮光。

一阵嘈杂打破了四周的寂静,像极了瀑布喷涌而下的轰鸣声。布雷特想,什么救援灯、直升机,梦境到此为止,还是要面对现实。他从第三个人的话里了解到会有两辆车,但只看到了一对车前灯。思索间,抬着他肩膀的四只手变成了两只,另一个人走向他的脚那边,正要弯腰抬他的脚。这时,那人的脸暴露在光束中。

布雷特喃喃道:"韦西"。他毫不惊讶。韦西就是那个斯坦,监狱常客,抢劫惯犯。而且也是韦西抬着他的头,用手帕替他擦嘴,喂雪给他解渴,还给他喝白兰地。为什么对他这么好呢?他们也没什么交情。答案就藏在布雷特脑子里的某个角落,呼之欲出,但就是想不出来,就像一只焦急的苍蝇,隔着窗玻璃嗡嗡叫,怎么都找不到出口。他觉得可能跟一个动词的时态有关系。于是他开始神游,想着"tollo"①这个词的词形变化。这是他小时候最喜欢的游戏。现在时不定式是"tollere",主动完成式是"sustuli",完成被动分词是"sublatum"。布雷特从小到大很多时候都在喃喃自语。突然,他感到身体右侧撞到了一个类似于门框的东西。

"挪挪地儿啊!呆瓜,没点儿眼色。"一个陌生人恶

---

① 拉丁语单词,中文意为"举起、抬起"。

声恶气地叫道。

有人猛地拉扯他的肩膀,结果手滑没抓牢,布雷特一下子失去了支撑,头砸到了墙上,刹那间脑子嗡嗡直响。这时,他听到一句抱怨,就像国际板球锦标赛上看到接球失误时的那种抱怨。

"南丁格尔先生!"

有人在叫他的名字,声音好像远在听筒的另一边。

"哎!"他答应了一声。

"闭嘴。"

"老朋友……"

"我说了,闭嘴。"

他觉得刚才跟白厅电话串线了似的,于是默默等着那两个说话的人把双方的小分歧处理好。但刚才那句话之后就没人再开口了。他感觉自己的上身立了起来,变成了一个坐着的姿势,屁股下面的东西很软,但有些凹凸不平,很奇怪。他睁开眼睛,看到自己在一个狭小阴暗的车厢里,远处角落一张苍白忧郁的脸挂在墙上,像是有年头的公寓里才会挂的那种劣质作品。

"挂这么一个倒霉混蛋的画像。"他最后开口评价了一句,又闭上了眼睛。

扑面而来的寒风凛冽非常,布雷特醒了过来,随即意识到自己的状态恢复了许多。他试探性地动了动脑袋，依旧有些刺痛，但脑中一片清明，也不觉得恶心反胃。这可能要感谢韦西对他的照顾，虽然方式很另类，效果倒是不错。他一边睁开眼睛，一边在犹豫是回想"ministro"①的词形变化还是"efficio"②的。

韦西就坐在对面，视线没有正对着布雷特，而是落在他耳朵附近的位置，带着一丝惯犯面对警察时的不安。

"好点了吗？"韦西轻声问道。

布雷特点点头，说："谢谢。"

他知道韦西肯定明白自己的言外之意——那口白兰地对他来说很重要。不用过多的言语，他已经明白了韦西为什么对他这么关心。现在多照看他一点，到不久算总账的时候，布雷特或许能手下留情。韦西肯定希望布雷特不要忘了白兰地和那几口雪的恩情。他确实不会忘的。

布雷特依旧虚弱，但身上总算是有了些力气。他看向窗外，窗户是开着的。开着——韦西半个身子都露在外面。

车子在一条较为宽阔的路上飞驰，周围漆黑一片。现在没有下雪，但路边和树篱上仍堆着一层厚厚的雪。看来不会有之前那么大的暴风雪阻碍交通了。布雷特一想到帕

---

① 拉丁文单词，意为"提供、管理"。
② 拉丁文单词，意为"实现"。

丁格那条小路上的雪堆，心中就悔恨不已，但那是在一条小支路上，本来就不好走。如果他当时没有往左转，这时应该还在……

他猛然一惊，赶忙提醒自己，想得再好、再顺利也是枉然。就算眼下的境况什么都做不了，只能胡思乱想，那也应该想想接下来的打算，比如，想想这辆体积庞大的方形车要拉着他往哪去。第二辆车——那些人当时抬着他的时候，他是背对着他们的，因此并没有看到那辆车的车灯。第二辆车。斯蒂芬妮当时说只看到一辆车经过——呸！怎么还这么轻易就相信她和她说的话？布雷特很快闭上眼，这期间他想明白了一件事——斯蒂芬妮肯定耍了他。布雷特希望自己还待在隐约朦胧的梦境中，回到托儿所，回到巴伐利亚阿尔卑斯山脉，或者回到幼时棘手的词形变化游戏里，都比在这里面对血淋淋的现实好。

他脑中蹦出一个疑问：韦西为什么坐在自己对面？不应该坐在旁边吗？他目不转睛地研究了很久，看到司机和车厢之间有一个隔板，韦西的座位是从那个隔板上面拉下来的。韦西旁边还有一个这样的座位，上面坐着一个人，目光上移，赫然就是他之前看到的那张挂在墙上的脸，只不过现在多了个身体。他转过头往右看，剩下的角落也坐着一个人。布雷特仔细端详着那个身影，车里面没有灯，唯一的光源是外面白雪的反射，但也足够能看清楚。

"马金迪。"布雷特说。

角落的身影微微一震,似乎行动不太自如。不对劲。

"南丁格尔——警察先生!您怎么……"

"得了吧!"布雷特一脸憎恶,"现在就别装了吧!你不是都已经给我减了价来巴结我吗?"

"闭嘴。"韦西低声说道,透着指责的意味。

"你们没看见吗?"马金迪一脸激动地反驳道,"他已经疯了。你们应该不至于麻木到没有人性吧……"

"闭嘴。"韦西坚决打断他的话,"现在都给我把嘴闭上。"

布雷特不再看马金迪,突然想到什么似的又猛地回过头。那一瞬间他终于弄明白了为什么马金迪行动迟缓、一动不动,为什么马金迪的"走狗"会用那样放肆的语气跟他说话。原来马金迪也一样被人五花大绑,靠在后座的一个角落。

这样的话,他之前对现状的判断,对整件事的判断,都通通不成立了。很快,一个新的推断在脑海里拼凑成形。当然,之前不止他一个人在跟踪马金迪,还有别人,这一点是毫无疑问的。然而,马金迪低估了自己这些同伙的智商,他们跟布雷特的想法是一样的,所以现在马金迪算是自食其果。至于斯蒂芬妮,布雷特现在有了新的信息,对她的看法只是稍有改观,不知道她是跟这帮人一伙的,还是跟马金迪一伙的。

"她在哪儿?"布雷特本来不怎么想问。

没人回答他。意料之中的是,韦西也没有让他闭嘴。

"她在哪儿?"布雷特又问了一遍。

"我永远不会原谅我自己的。"马金迪冷不丁冒出这么一句,声音听起来都不像他了。

"行了,别猫哭耗子假慈悲了!"布雷特不耐烦地吼道。下一瞬间忧虑袭上心头,整个人又有些无精打采。"到底怎么回事?"他问道,心里全然不记得她的欺骗和背叛,只记得她光滑细腻的脖颈、挺直的脊背,还有那几缕缠绕在肩膀上的金发。

"唉,那孩子也是可怜——她当时,真的,一直在挣扎、哭喊。恐怕……"

马金迪没有再说下去。车速降了下来,暂时停住,引擎没有熄火。韦西一言不发,向前倾身,将门打开一个缝儿,顺势屈膝跳了下去,接着悄无声息地关上车门,很快在灰蒙蒙的黄昏暮色中消失得无影无踪。这一系列变故发生在几秒之间,车子继续向前行驶,仿佛刚才的事情是幻觉。

布雷特除了目瞪口呆之外,什么都做不了。他想到了自己第一次目睹犯罪过程的经历。那时他还小,跟着母亲在人潮拥挤的商店里购物。小布雷特突然转身,正好看到一个男人把一包格子棉布偷偷塞进大衣。当时的他,和现在一样,都是眼睁睁看着,晕晕乎乎地想,这一幕是现实还是幻觉?他从未弄清楚答案,只有沉默以对,当时是,现在也是。那个小偷不动声色地混入人群中离开了。

但自己为什么在这件事上也一言不发呢?马金迪不在乎很正常,另外那个椅子上坐着的男人呢?那个人的手正松松搭在膝盖上,这说明他不是被捆住的人质,而是跟那些人一起的。他为什么也没有反应?可能他和韦西提前商量好了。韦西刚才那鬼鬼祟祟的样子一看就知道是自作主张,应该就是他之前在空地那边提到的"脱身"。所以他偷偷溜走是为了不引起注意吗?

布雷特看着那个坐在下拉式座位上的男人,他正面对着韦西离开的那扇门,两眼放空,直直盯着窗外,坐在那从始至终都没怎么动过。

猛然间,那人的长相和坐姿像一颗投入水中的石子,在布雷特的脑子里激起一片涟漪。同时,窗外一束强光一闪而过,那张脸和放在膝盖上的手,布雷特都看得清清楚楚。此时车速慢慢变快。他们后面有一辆车跟着,对面也有一辆车正要经过。外面的车流开始变得密集,车速也在慢慢提升,布雷特猜测这是一条公路。这时,他听到马金迪在悄悄叫他。

"南丁格尔先生——您能听到我说话吗?"

"能。"布雷特回答。

"您听得懂是吧?"

"是啊。"

"不好意思,先生。刚才您说的话有点奇怪,我以为您脑子有点不太清楚。"马金迪一口气说完这些,接着说道,"但——我们可以随意交谈,只要声音不要太大就行——您也知道……"

布雷特看不太清楚马金迪,后者看了一眼那个脸色苍白的男人,然后又给他使眼色,反正在这样一尊木头面前,说不说话都没什么妨碍。

"怎么了?"他问道。

"我们现在在多佛路主干道上,您看,A2号公路。"马金迪压低声音说着,"您说——路上车也挺多的——我们能不能趁机……"

"现在这个车速,手脚都绑着,你确定?"

"那让别人看到我们也行。再超车的时候——窗户也开着……"

"斯蒂芬妮在哪儿?"

"科尔小姐?在另一辆车上。本来在我们前面,但现在看不到了。您是不是觉得把她一个人丢下说出去不太好听?但您想,如果我们能逃出去报警,警察就能拦下那辆车——还是您觉得我们肯定逃不掉?可怜的孩子,真是个可怜的孩子！"

　　果然，她就是跟那帮人一伙的。想到这儿，布雷特暗中嘲笑自己的担忧完全就是自作多情。她当然是凯利特唱片店，或者说杰弗里那一边的人啊。可是布雷特又想到，没有斯蒂芬妮的帮助，他也无法了解到关于杰弗里、试听隔间，还有马金迪珠宝收藏的消息。而且她提到了那个小行李箱……

　　"你是不是给了她一个箱子让她藏起来？"布雷特问道。

　　"是啊！她没告诉您吗？"马金迪语气中充满了惊讶。

　　"告诉了。但我一直在想，她可能是在撒谎，只是为了骗我这个傻子一步一步走进爱巢。"

　　"什么？您是说她跟这些人是一伙的？"

　　"对啊。你把那个箱子给她了——好吧，你想想，她很有可能在他们开车路过的时候就把箱子交给他们了。"

　　"那他们还追我做什么呢？差点把我的车撞散架，逼我停车，还，还，先生，还把座椅和地垫都划破撕开，到处找那个箱子。"马金迪找到这么多证据，很是沾沾自喜。

　　"对啊。"布雷特喃喃道，"第二辆车。是你的车。"

　　他们手头确实只有一辆车。这一点她没有撒谎，布雷特迫不及待地抓住这个细节。"所以座椅才不平。他们有没有把车拖进林子里，找个没人的地方把里面洗劫一空？"

"有，那个叫提姆的男的去的，他对乡下很熟悉。当然，我也熟悉。我们当时拐进去的是韦林上校的地盘。几十亩都是林地。那片空地之前是一座帕拉第奥式爱情神殿的旧址——真巧，您刚才叫那个地方'爱巢'——我以为您也知道。上校很多年之前拆毁了那座庙。他们选这个地方做窝点再合适不过了，而且只有两条路能通往那边——我们走的那条，和你们走的那条。"

"那你还坚信我们都是碰巧走到那边的？"

"但您没看到当时她反抗的样子，拳打脚踢的——他们还有枪呢。"

"有枪？"

"是的。我真是个懦夫。我当时听到了有人过来的声音，他们也听到了。一个人守着大门，另一个守着那条小径。我觉得应该是那个人远远看到有光，然后就叫上其他人——他们有四个人——应该说那会儿有四个人——其中一个进了林子，提姆在路边等着。我听到你们过来的声音了。那条小径就像一个声道，传出来的声音音量会变大。接着我就听到科尔小姐在笑——我当时没有认出她的声音，但不管认没认出来，我都应该大声呼救。唉，我当时确实没做到，自己都觉得很羞愧。主要是，那个叫杰弗里的男人,他拿枪指着我的头呢!"

"杰弗里!"布雷特这才想起来第三个声音为什么这么耳熟,就是杰弗里。

"他们是这么叫他的。您认识他?"

"不认识。"布雷特很谨慎,没有透露太多,毕竟马金迪对杰弗里到底了解多少他还没弄清楚,"只不过这名字安在一个恶棍身上,有些花哨。"

"您看,他们这群人三教九流的都有。有两个人是典型的黑社会——一个是刚才跳下车的,还有一个就是现在开车的这位,叫达斯特。我不确定他是不是……"

"职业黑社会。"布雷特冷冰冰的声音响起,"就是他不久之前偷袭的我。"

"一个职业——打手?万幸他在我们这辆车上,科尔小姐没有遇上他。"

"另外那两个呢?文质彬彬的绅士?但我记得你说过杰弗里拿枪指着你的头。看,我们从 A2 号路上拐下来了,现在走到哪了你知道吗?"

"我看看——刚才那个人下车的时候我们上了 A2,那会刚过巴顿,您知道的,我就住在那。然后车往东北行驶——应该是艾迪沙姆的方向。我想是这样的,或者下一个路口往北……"

东北方向。布雷特心中升起了一丝渺茫的希望——他在短短的时间里经历了太多的沮丧和绝望，但现在，他坐在这辆车里，这辆开往里奇伯勒的车里，也算是因祸得福。他脑子里响起了当时在"爱巢"空地上听到的争吵。韦西有职业黑社会的敏锐判断力，感觉到了潜在的危险和麻烦，所以选择提前离开。其他的人则有些盲目自信，选择一条道走到黑。不过现在可以确定他们就是汉普斯特德团伙，毕竟圆满完成了两次轰轰烈烈的抢劫，还能干净脱身，自信也是难免的。虽然算得上足智多谋，可是少了两个重要的品质——经验积累得来的谨慎以及一些资深职业"老油条"才知道的小技巧。"菜鸟"全凭一腔热情闯天下是完全行不通的。在布雷特看来，职业黑社会遇到警察的第一反应就是悄悄溜之大吉；再不济到走投无路的时候，也可以直接打晕他，然后能跑多快跑多快，让警察自己慢慢苏醒。不管怎样都比现在这样带着他好，反而是拖累。

"狗屁公学！"布雷特脑子里一直回荡着这几个字，是刚才韦西骂人的时候说的。这些人是新手，而且都不是黑社会成员。怪不得警方刚开始很难收集他们的信息。还有平克，最后通知他的时候，很明显琢磨过措辞。

"您说。"马金迪冷不丁出声，有些迟疑地问道，"我们会不会——有生命危险？"

"我可能没有。"布雷特显得冷酷无情，"杀警察是死罪，他们也知道轻重。"

"那斯蒂芬妮呢？无辜的孩子，就是运气不好。"

"我也不确定——"布雷特停住话头，在脑子里总结了一下对斯蒂芬妮的看法。"至于你。"他继续说，"你自己心里应该有数吧。你做了什么才沦落至此的？"

"做了什么？我什么都没做啊！"

"那你为什么把那枚胸针打折卖给我？"

这个问题从他嘴里蹿了出来，带来一阵难耐的沉默。

"先生，您看。"马金迪最终还是满腔惶恐地低声说道，"我知道很难，现在这个情况——也缺医少药的——但您听我一句——往后躺着——放轻松。您知道，要保持冷静……"

"别胡扯！"布雷特勃然大怒，贝多斯那种严厉尖刻的语气似乎一下子幻化到了他的舌尖，喷涌而出，"别再满口甜言蜜语了，你不觉得自己很虚伪吗？我清醒得很，也冷静得很。我问你，你到底有没有让那油头粉面的猿人给我打折来拉拢我？不管我买什么都会打折吧？"

"您怎么这么说呢，长官！"马金迪低声惊呼，语气中压抑着怒火，明显被布雷特的话刺激到了，他刚才可是在关心他，"如果您那个难听的词是在说伊曼纽尔先生的话，那我可以很明确地告诉您，我没有这样吩咐过。"

"都这样了，还不肯说实话？"

"您怎么能这么粗暴无礼。"马金迪心中无比愤慨，不知不觉抬高了声音,"当着我的面都不相信我?"

"我谁都不信。"布雷特说。

"确实,我能想象,怀疑和猜忌不是天生就有的,但总会深深刻在每个警察的骨子里。那就是一种职业病。"

两人的对话戛然而止。布雷特的目光落在窗外,心里想着他曾经也接受过很多人的善意和友好,心中没有丝毫怀疑他们是别有用心,但这些人会不会也给他打上粗俗无礼和惹人讨厌的标签呢?

几分钟后,他才注意到马金迪缩在角落念叨着什么,声音含混不清。

"……真的……我也不记得,恐怕……特殊待遇……头……有病……不安……"

"别想了。"布雷特说,"我没骗你。"

两人沉默了一瞬。

"可您也得知道。"马金迪信誓旦旦地继续说,"我也不是对店里每一件东西都清清楚楚的。这样,您说说看那枚胸针的样子。"

告诉他也无妨,而且也没有必要隐瞒,所以布雷特描述了一下。

"十六七英镑吧。"马金迪说,"应该就是这个价上下,差不离,肯定不超过二十英镑。不过战争刚结束那会儿可就不是这个价了。"

布雷特没有说话。伊曼纽尔肯定提前告诉了马金迪他准备降多少——如此而已。马金迪的语气确实很有说服力，但同时他巧言令色的本事也是毋庸置疑的优秀。

"不然去做一个独立估值？"马金迪建议道。

说得轻巧。万事都要等到他们摆脱目前的困境再说。没脱困之前，说什么都行。

"您为什么会这么想？发生什么事了？"马金迪不气馁，接着问。

对啊！什么事呢？或者，准确来说，什么人。布雷特没有回答马金迪的问题。现在所有事情都像是雾里看花一般，影影绰绰。他们一次次的欺骗、试探和询问之后，不愿意暴露的秘密到底是什么？"他们"，也包括马金迪。布雷特注意到马金迪并没有好奇一开始他为什么会出现在空地那边。

布雷特险险吞下一声痛苦的呻吟。他不知道自己该想些什么，脑袋隐隐作痛。绳子勒得很紧，肌肉酸疼的感觉越来越清晰。从韦西离开之后，他就一直尝试解开绳子，但绳结越缠越紧，最后手腕都肿了起来，也无甚进展。最重要的是，他现在急需见到一个他能相信的人。那个不能宣之于口的名字差一点就从嘴里溜出来了，一想到那令人恐惧的一幕，布雷特就觉得焦躁不安、冷汗涔涔。本来他的脑子已经无法思考了，现在更是雪上加霜。

为了甩掉这个想法，布雷特迅速看向第三位乘客。他就坐在那里，安安静静，一动不动。布雷特回想着刚才有人喊的一句话——"挪挪地儿，呆瓜，没点眼色"。呆瓜。这人不受重视，其他人对他视若无睹。在这样的人面前，任何人都能随心所欲地说话。他坐在那完全就是恶霸的完美欺凌对象，很像《鲍里斯·戈都诺夫》里面的智障。布雷特想，要不是刚才马金迪打断，他早就想起来这个比照人物了。虽然剧里的智障很无助又别无选择，只能忍受生活的痛苦和旁人的嘲笑，然而，他并不傻，他狡猾而轻巧的俏皮话让沙皇鲍里斯都大惊失色。他对新一代领导人治理下的新生活不抱幻想，而是继续唱着俄国人民生活的苦痛。

俄国。布雷特突然灵光一现，但没有太过激动。他盯着角落里的那个男人。昏暗的光线下，能看到男人脸上杂乱的胡子。

"伊万·伊拉里奥诺维奇！"他轻声说出了那个名字。

"谁？"

马金迪控制不住失声惊叫，连平时的风度都顾不上了。布雷特注意到他语气中发自内心的惊讶，但没理他。

"伊万。"布雷特又叫了一声，"伊万·卡鲁金，你听见我叫你了吗？"

"卡鲁金。"马金迪嘴里念叨着,"那个卡鲁金!"

"你难道听不明白吗?"布雷特继续说着,"我差点忘了——你当然听得明白。从记事起你就一直在英国生活,将近四十年的时间,都住在布莱特路。你是英国人。伊万!白纸黑字写得清清楚楚。"

布雷特顿了一瞬。车厢里一片沉默,无人应答。

"好吧。"布雷特说,"也无所谓。你不想说话就不说。但我要说,我懂你的心情。你从未见过自己的父母,但我了解过他们,你的父亲沉溺于酒色,你的母亲是一位柔弱温顺的金发女子,你跟你母亲很像,不管是性格还是外形。或许还遗传了她的温柔。但这样的性格一开始就注定会枯萎。你没有能够寄托亲情的人,只有一位让你又敬又怕的长辈。没错,我也知道你祖母的事情。她头脑清醒的时候,连成年人都怕她,更何况在她有些精神失常的时候跟她朝夕相对的孩子呢?"

"您觉得是精神失常?"马金迪说。

"没错,不是无助,也不是可怜——肯定不是可怜,毕竟她当时精神上的矛盾和压力从未得到疏解。其实她只是对外部情况判断失误罢了,一直困在想象中,好像列宁格勒的行刑队迫不及待要拿她换功劳似的!"

"被迫害妄想症……"

"这种恐惧有多真实?真实到逼着她走向极端,多年来在布莱特路那个小房子里蜗居不出。除了精神失常，我觉得还有懒惰。人到中年出去工作？不可能！"

"但她根本用不着去外面工作。"马金迪高声补充。

"因为她太骄傲了。从出生就刻在骨子里的骄傲。就那么一个摸得着的东西能证明她以往的地位，能证明她曾经身为公爵夫人，高不可攀。卖了？不不不，肯定不可能。随便一个傻子笨蛋，随便一个商人手里，都可能有大笔钱财，但只有卡鲁金夫人那里有那串特制的大圆钻河流状项链，还有家传古董路易什么鼻烟盒一类的宝物。"

"她卖掉了一些。"马金迪在一旁补充。

"卖掉的'应该是伊莉娜夫人的遗物'——不是吗？或者是她根本不喜欢的东西。"布雷特停顿了一下接着说，"对了，她把你留下了，伊万！只把你留下了！一直到你有能力供养她。你对她来说是一项投资，所以她才愿意花精力让你加入英国国籍，保证你的安全。另外，她对仆人都很挑剔，但你一直充当着仆人的角色！我知道你的童年过得很艰难——想尽办法买便宜东西，只要能填饱肚子，不管吃什么都行——不说这个，你长大以后的早餐也不怎么样！——身上穿的也是邻居出于同情送你的衣服，已经洗得不成样子，颜色也很难看，闻着像地窖里的菜一样倒人胃口。那些健壮的孩子看到病恹恹的同龄人一般都会退避三舍。哮喘也不允许你去玩那些运动量大的游戏。

还有,他们是不是说你跟一个老巫婆住在一起?就算她从未踏出房门,街上的其他孩子也会在窗户那看到她,而且这种神秘感让她在孩子们眼中更加可怕了。学校生活呢?我也知道——一直因为不太聪明在班里排倒数。你的期末成绩单上应该会有一句'缺乏自信'的评价吧。你能从哪得到自信呢?工作上?自己终于能经济独立?根本不可能!她那时已经不再继续卖胸针了,而是开始花你微薄的薪水。你在一个闷热的小办公室里,吸着干线车站的烟雾,辛辛苦苦工作一年才挣来的血汗钱,都给了她……"

"但是,先生。"马金迪对他的话不太赞成,"这其实取决于个人。到了一定年龄就要自己养活自己,维护自己的权利……"

"伊万,你长这么大,也受过教育,可曾想过你也有权利?在那样的家庭氛围里,你觉得自己有权利吗?你从小就不太机灵,加上习惯和敬畏阻碍了你的智力发展和青春成长,所以等到长大才慢慢聪明了一些。更别说你很小的时候就找到了慰藉物——谁教你的一醉解千愁?你哪儿有钱去买酒的?你后来肯定涨了工资,但你没告诉祖母,交给她的还是原来的数目,才有余钱去酒馆。渐渐地那些钱也不够花了。酒瘾越来越大,花的钱就越来越多,不管祖母说什么你都无所谓了,因为内心的孤寂压得你喘不过气,儿时小朋友的排挤抗拒以及办公室所有人的视而不见，让你学着克服羞怯，开始与人社交；没有其他乐趣，生活无聊又贫困，只有喝酒这个最简单快捷的方法，能让你忘掉一切、逃离一切。到最后连酒馆这个'安乐窝'也无法让你忘记自己和别人之间的鸿沟，别人的生活和你的生活就是一个天上，一个地下。那个时候，你想过从家里搬走，但你没那么多钱。对了，虽然你的工资一涨再涨，尤其是战后，涨了很多，可你花在酒上的钱却不降反增。越是清晰认识到自己的处境多么惨淡，越是内耗，就越是绝望，只有喝得烂醉才能好受一点。你也清楚自己挣不了什么大钱，也存不住钱，更没有资产。不过你应该想过找别的门路挣钱，所以衣柜那里有灰狗快运的报纸，对不对？不过你运气不够好，这条路走不通。所以你的生活一天天失去滋味，在一成不变中消磨——白天上班，晚上买醉——直到不久前的一个下午，你生病回家。"

布雷特在这里止住了话头。伊万依旧是毫无反应，但布雷特觉得他应该是可以听到并且听懂的，所以决定继续往下说。他偏头扫了一眼窗户外面，看不出来他们身处何地。如果目的地是里奇伯勒，他得抓紧时间。即使积雪限制了车速，离他们到达里奇伯勒也没多远了。

于是，布雷特接着说道："那天并不是请病假休息一整天，而是你第一次提前下班。你要是以前也经常不按时回家，你祖母肯定会一直锁着门，但那几天她没有。所以你走进房间，正好看见了那只敞开的箱子。

"之前你没见过里面装的是什么。可能小时候问过，但被搪塞过去了——以什么借口呢？家族文件？从小到大你祖母几乎都不出屋子，所以你完全没有意识到，除了本来就不爱出门，那个箱子也是她足不出户的原因之一。毕竟你怎么也想不到一个平时生活这么拮据的人，手里竟然握着那么一大笔财富，她还一直不错眼地看着。话说回来，那天下午，你撞见了。她在做什么呢？是不是把窗帘拉上，然后东西全都摆出来，可能身上还戴着几样首饰——全套西伯利亚绿宝石首饰，上面还镶着巴西产的钻石，安安静静地躺在一张布满星星点点污渍的披肩上。她想再现那个时代的辉煌。"

"我的乖乖，用这个打发时间，也就她能做的到了。"马金迪嘟囔了一声。

"那次之后她就开始锁门了。"布雷特继续说，"米内利夫人也想错了，锁门不是为了躲避加害，而是确保再没别人打扰她细数自己的宝贝。而且她也不在乎你知不知道，瞒着你也毫无意义。所以你一次又一次地见到了那些宝物，渐渐地，它们的样子刻在了你的脑海里，微小的细节也勾勒得清清楚楚，就像小孩子听到自己喜欢的童话故事一样，会在心里反复回味。随着时间流逝，不知不觉中你也爱上了那些宝物——不说所有，肯定有一个最爱的。

但等你意识到的时候为时已晚。同时,你脑子里跳出的第一个想法就是,箱子里的东西可以换钱,一笔你之前已经不再奢望的财富。如果你在提议之前思考过,应该会发现她现在比你想象中还要疯狂,疯狂到忘记了那些珠宝的价值。不过你还是向她开了口,解释那些珠宝能带来的财富,还建议她都卖掉,这个时刻绝对是历史性的一刻。

"祖母当然不愿意。她突然发现,你也不是愚蠢到无可救药,而且原来这么多年表面的顺从都是在掩饰你不断膨胀的野心。她不知道你哪来的胆子阳奉阴违,这一切都让她无比震惊。几乎是同时,她发现自己内心对你有着深深的怨恨,不过她可能早就意识到这一点了,毕竟她很了解自己。听到她告诉你这些,你一定很惊讶。小的时候,周围的人全都对你漠不关心,喝醉了以后,面对的又是别人的嘲笑蔑视,而回到家,又要永远生活在怨恨之下。既然她明知道你觊觎那些宝物,又花了这么多年精心隐藏那个箱子,为什么还要一次次让你看到呢?'过来,随便看,随便去宣扬,我不在乎,我也不慌——反正没人会把一个酒鬼的胡言乱语当真。'你之后也发现了,事实确实如此,对吧?'公爵'、'诗人'。你知道别人对你有鄙视,有嘲笑,但不知道还会有怨恨。"

"那您说,怨恨是从哪来的?"马金迪说,"当然,应该能看到某种……"

"伊万，你父亲是她的儿子。"布雷特立马打断了马金迪，"他犟得像头牛，还敢反驳你祖母。你母亲是她的儿媳，你祖母一面看不起她的温顺，而另一面又享受这样的顺从。而你集这两种特质于一身。你活着，就是在提醒她自己过去有多么失败和愚蠢、犯过多少错误。她天天对着你，根本忘不掉这些负面的东西。她心机深沉，很清楚自己还要靠你养活，同时她也足够理智，知道除了遗传以外，你现在这个样子也有她的一份功劳。她确实是自食苦果，可世界上所有的长辈都是一样的，宁愿承认一直在心里默默恨你，都不肯承认自己也有问题。大多数人能找到一个解决困局的办法。她也找到了。你的存在让她觉得耻辱，这种耻辱后来变成了一种冒犯。为了不怨恨自己，她只能恨你。"

布雷特没再说话，转头看向窗外，路边一排排的房子亮着灯，五颜六色的窗帘中透出缕缕微光，映在车窗上。车子正经过一个规模很大的村庄，驶过一间酒馆、一座小教堂、一间加油站，再到一面装了风雨板的墙，上面贴着几张海报。

"温厄姆，也可能是我认错了。"马金迪低声说道，"在坎特伯雷—桑德威奇路上。往海岸那边走，您觉得呢？"

"我明白你心里的感受。"布雷特接着说道，"她刚开始是伤害你、侮辱你,最后演变为折磨你。从第一次言辞激烈拒绝卖掉首饰之后,她是不是一直在你面前念叨那些首饰,并且故意在你面前展示那些宝物,以刺激你为乐趣?她是不是还说你绝无可能成为继承人,那些首饰你更是一个珠子都别想碰?她没准儿还说她已经写好了遗嘱。不过她确实没写遗嘱,但你不确定啊。你只知道她活着的时候不让你好过,死了以后还会让你一无所有。你当时想喝他个天昏地暗,但又得想办法,很绝望。

"你想到了一个绝妙的主意——把她送进精神病院。你咨询了医生,没准儿还问了律师,最后发现这条路也行不通。那不如偷箱子吧。虽然她一直在家,但也不是做不到。可你也很清楚,一旦箱子被偷,她很快就能发现,到时候肯定会报警,而你的嫌疑最大。即使你能躲过追捕,也不敢保证能神不知鬼不觉地处理掉那些首饰。你肯定也想过杀掉她,但还是担心会被查出来。能想到的所有办法最终逃不过暴露被抓的下场。所以你和祖母吵架的频率越来越高,喝酒也越来越没有节制,内心的绝望也越来越深刻——直到有一天晚上,你在橡树酒馆遇见了斯坦·韦西。"

"刚才跳车的那个?"马金迪一脸兴致勃勃。

"没错,跳车的那个。"布雷特说,"他怎么会出现在那个酒馆呢?只是巧合吗?不太可能。伊万,你肯定不是主动搭话的那一个,这点我敢确定。你已经被盯上了,韦西先起的头,东拉西扯,最终把话题绕到你要继承的遗产上——有酒精帮忙,想套话很容易——最后,谈到了那个箱子。"

"我的天哪!那风险……"

"韦西本来就是刀口舔血的人,不怕那点风险。不过他本身也够谨慎、够狡猾。时机一成熟,他就开始劝你,与其太贪心最后什么都捞不着,还不如量力而行,成功率更高。他建议你别去卖那个箱子,而是把这个消息卖出去,然后跟帮你拿到箱子的人分一分销赃的钱。你上钩了。韦西应该装模作样地跟你说他对那个箱子并不感兴趣,还顺手骗了你点钱,当作散消息的辛苦费。临走之前,他还跟你约好了下次见面的时间和地点,应该不在橡树酒馆。万布鲁街?这个不重要。总之你后来如期赴约。他介绍了一个朋友给你认识,没有透露姓名,只说对你的计划感兴趣,所以你把关于那批珠宝的所有细节一字不落地告诉他,好让他满意。你还说你祖母时时刻刻都盯着那个箱子,只有你自己和米内利夫人敲门的时候她才会开门,平时门都是闩上的,这些都是要考虑的问题。他们两个一脸胸有成竹的样子,说肯定能想到办法处理。而你会被摘出来,他们会在你上班的时候行动。于是他们定了一个行动日期,离当时还有很长一段时间,可以组织人手,准备得更充分。行动成功之后，你会收到你那部分钱的第一笔——什么，预付才五十？——虽然你有疑问，但他们说，现在就算出来一个确切数目也没用，因为他们不确定到底能拿到多少钱。在这种情况下，这是最好的结果了，你只能接受。"

"盗亦有道，他们肯定说了这个来安你的心，我知道。"马金迪说，"但我觉得，他们的态度太随便了，根本不像是要去冒险偷东西的样子，而且从商定到开始行动中间有那么长时间，换谁心里都会嘀咕……"

"没错，伊万，那时你肯定心里七上八下的，各种猜疑让你的心情阴晴不定，也折磨得你筋疲力尽。你最害怕他们准备好之后就直接把箱子偷走，最后让你鸡飞蛋打。就算不去想最坏的结果，他们已经骗走的钱你也要不回来了。但同时，你又满心期待即将到来的自由和解脱。箱子没了，你祖母的心结也能打开，不会再痛不欲生地煎熬。她有两个选择，要么在你远走高飞过上好日子的时候，留在布莱特路那个小房子里慢慢凋零腐烂；要么跟你一起走，但要听你的安排，你以后就是一家之主。万一她跑去跟警察歇斯底里地哭诉呢？大家都知道她脑子有点糊里糊涂的，谁会相信她还有什么财产？至于你的一夕暴富，可以说是运气好赌钱赢来的，也可以说是多年来的存款，这两个理由无懈可击。但事实上，伊万，你和他们，从一开始就错了。有一个人，没有见过那个箱子，却得到过箱子里的两件东西——就是米内利夫人。你祖母送了她一幅圣母像和一枚胸针，在你撞见那些财宝之前很久就送了。不过你当然对此一无所知，所以你提前去医生那买了安眠药。"

"呵！还不如从一个陌生药剂师那里弄一先令的阿司匹林，你这个没便宜多少，人家还认识你。"马金迪在一旁评论道。

"你去找那个医生，一方面是因为习惯，另一方面是你觉得真实的处方更有说服力，能证明你目的纯粹，但你太糊涂了。诊所那边直接把药片给你，是他们的疏忽。你当时因为焦躁不安表现得很夸张，他们不仅留意到了你的失眠，也留意到了你这个人。然而，你12月21日还是去了万布鲁街，交出了你的钥匙。米内利夫人应该经常给你开门，所以压根儿没想到钥匙已经不在你手上了，更不会多问。22日早上，你做早餐的时间比平时早，往你祖母的热可可里面额外放了一大勺炼乳和压成碎末的安眠药。"

"您的意思是，剂量过大导致的死亡？"马金迪说。

"是的。但剂量也不算太过。下药的目的是让她睡得沉一点、久一点。可是伊万，你忘了，她看上去再怎么刚强，再怎么坚不可摧，到底是老了，还长期营养不良。你做早餐比平常早就是为了确保她睡熟了,然后再出门上班。这一天你强迫自己在同事面前刷存在感,还拉着其中一个一起吃午饭。就像在诊所那边一样,局促不安,整个人都不自然……"

"我的先生哟,您这也太轻描淡写了!应该时刻如坐针毡,不知道什么时候警察就会突然找上门吧。"

"而且不是一般的不自然。你清楚他们的每一个步骤——先解开祖母脖子上的绳子取下钥匙,打开箱子,把里面的东西拿出来装进提前准备好的袋子里,再把箱子锁上,钥匙串回绳子上,重新系好。幸运的话,一两天之内她都不会发现箱子已经空了。一天过去了,一切如常,所以你晚上去了万布鲁街,可他们一个个都黑着脸,钱袋子里也是空空如也。明明记得自己当时把那批财宝的细节都告诉了他们,也记得他们个个都是专家老手。他们最想得到的那一件,不用拆散,只要能找到一个贪得无厌的私人收藏家,绝对可以卖到几千英镑。但箱子里没有。他们说要么是你自己私吞了,要么你之前就是在说谎,凭空捏造。你当即发誓,大声辩驳你对此一无所知,而且你也很惊讶,说你是无辜的,没有说谎,也没有私藏。你这通辩白对于搞钱毫无用处,但好歹他们相信了。他们觉得可能是祖母突发奇想把东西带出去了,或者藏在屋子里,甚至有可能藏在那栋房子的某个角落,让你回家看看,再给祖母下点安眠药，趁她睡觉的时候到处找找。你有些犹豫，所以他们提醒说，如果在你找到并处理了那些财宝之前，她就发现了这次抢劫的事情，肯定会带着那些东西去报警。看到财宝真真切切摆在眼前，警察肯定十分愿意相信祖母的话，相信她以前也曾辉煌过。所以你回了家。

"到楼下的时候你抬头看，窗户还是黑的。你吓了一跳，但没有多想。你以为安眠药的劲儿太大，她昏昏沉沉开不了灯，也有可能从早上一直睡到现在。你上楼敲门，喊了几声，没人应答。你试着推门，门也是开着的。走进去以后，点上一支火柴，打开煤气灯，四周看了看——费了好大一番功夫。祖母还躺在床上，十分安详。你轻手轻脚地走上前去，站在那看了一会儿，才意识到她已经死了。

"一时间你觉得你的脑子里有什么东西炸开了，吓得直接冲出房子跑到街上，你觉得天旋地转，特别慌张。不知道自己要去哪、在做什么，只知道祖母死了，你也要完蛋了。你肯定是沿着上街，或者是伊斯灵顿大街一路飞奔，直到——什么来着？哦，哮喘犯了——你喘不过气了。被迫停下之后，你感觉自己镇定了许多，脑子里还是一直以来的惯性思维——想让自己好受一点，想忘记烦恼，忘记一切。于是，你走进了德比之章酒吧。

"但你心里也清楚，如果你能保持理智，再不济恢复一点理智，然后去告诉那帮人这个变故，他们可能会让你通知你的医生，说这值得冒险。毕竟你祖母年事已高，很可能在睡梦中去世。如果运气好的话，尸检都能免了。而且表面来看你没有任何明显的动机……

马金迪身子一震，想说点什么，想了想又决定作罢。

"伊万，良心——不，应该说负罪感——是压在你心中的一块大石。"布雷特再接再厉，"你知道是你害了她。你也知道自己迟早会被发现，惩罚也会随之而来，不管逃到哪，都是躲得了初一，躲不过十五。对于那时的你来说，什么钱啊，财宝啊，那帮人，还有警察，都已经无关紧要了，重要的是，你的生活已经彻底完了。你就是一具行尸走肉。但多年的习惯让你根本放不下手里的酒杯。你时不时会清醒一下，有一瞬间你无比悔恨、无比痛苦，想到自己将会失去所有的东西，甚至生活，更别说还要面对死亡。我说过你潜意识里已经爱上了那个宝贝。完全是情不自禁的，对吧？它太漂亮了。那么一个小玩意儿，一个闪闪发光的奢侈品。有些人可能会说它的美俗不可耐，但对那些见识过世界上最纯粹的艺术的人来说，它也算得上珍品。但你不一样，你一直困在布莱特路那个小房子里，在你眼中，它是纯洁无瑕的。'就像雪和雾一样洁白无瑕，星星一样光彩夺目！'这是你在酒馆跟那个男人说的话。而他却嘲讽你是'诗人'。"

车子颠簸了一下，布雷特随之倒向一边。坐正之后，他把脑袋靠在座椅背上休息。他现在身心俱疲，胳膊上源源不断的痛感涌向脑子，还是浑身无力，手腕和手肘都被绑得很紧。

"可惜喝酒也没用。"他的语气中透着疲惫，"你摇摇晃晃地走出德比之章，在黑夜中穿行，一直走到运河边，然后像一个堂堂正正的俄国人一样跳了进去。可还是没用——你被跟踪了。我的朋友——乔纳森·贝多斯警长，一个高尚正直的人，出于人道主义关怀和伦敦市局警察的职责，把你救了上来。但他们也跟着你，从你离开万布鲁街就跟着了。他们还是不信任你，想亲眼看着你回布莱特街。如果你没回去，他们也要知道你去了哪。你当时从家里跑了出来，他们不知道为什么，所以派了一个人跟踪你，另外又留了一个人在那继续盯着，有新情况随时报告。万一你要泄露秘密，他们要确保在那之前控制住你。到那个时候，他们可就不仅仅是把你带走了，直接做掉你都有可能，一劳永逸。我就是凭这个猜到你一直在上街游荡，周围的路灯、人潮和车流可以保护你——我不是说你当时就知道或者想到了他们会害你。总之，他们，哦，不对，跟着你的那个人，看见你进了德比之章，贝多斯也进去了。他们应该看到了贝多斯，还认出他了，所以叫了增援过来。应该是一辆车，就在附近埋伏着。你从酒馆出去之后,身后跟了一串尾巴。你、贝多斯,还有他们,螳螂捕蝉,黄雀在后。你跳了河,他们等贝多斯把你救上来之后,就打晕了他,把你带走了。之后对你做了什么,还有为什么要留着你,我并不清楚。你肯定没法告诉他们去哪儿找那些不翼而飞的财宝。你那会儿还不知道,现在也不知道。不管怎样,他们脑子里有了一个不太明确,但很靠谱的猜想,这可能还是我无意间提醒了他们。"

"警察先生,您确定您……"

"你不知道,其实,她死前两周就打定主意不让你继承那个箱子,还在想办法付诸行动。她可能也预感到自己快死了,但怎么也没想到自己会被人害死。就算这个想法有点不切实际,她肯定也注意到了你们俩之间的氛围变得很紧张。你在不相干的陌生人面前都表现得那么不自然,更何况在你满腔怨恨的祖母面前?所以她决定抓紧时间,在你发工资的那一天——这一天你肯定是要上班的,不会中途回家——然后约了一个很有名的珠宝商来家里商量交易细节。"

"那个时候她并没有意识到这个选择有多么讽刺。"布雷特停了一下继续说,"珠宝商同样也是位收藏家,珠宝爱好者,也是法贝热作品鉴赏家。所以他对你的心头好可以说是一见倾心。因为你祖母信任他,所以对他来说简直就像探囊取物那么简单。我不知道他用了什么借口,总之他走的时候带走了那批珠宝里面最闪耀的那个物件儿。他可能还付了一点象征性的费用。我们没找到支票，也没找到现金，她也不可能偷偷出去把钱存银行。我之前说过，你应该记得，22日那天晚上，他们留了一个人在你们家门口盯梢。他们并不是一无所获，不仅看到了警车，还看到了我，跟着我上公交、下公交，最后看着我敲响了珠宝商的家门。这些就够了，他们把前后线索一联系，决定跟踪这个珠宝商。但他很狡猾，骗了他们，差点就从头骗到尾。"

"差点？先生啊，要不是严重怀疑到底能不能活下来，我绝对可以理直气壮地把'差点'改成'完全'。这还是小事。我明白您对我有怀疑——您的想法确实很有意思——但您的态度有失公允。"

"什么？"

"我的意思是，您对夫人的态度有失公允。您在谴责她，但如果您是她，会选择以怎样的方式度过那场大革命呢？怎么能对这样一个精神错乱的老人一点怜悯都没有？"

"怎么能完全无动于衷呢？"布雷特本想大声一点说出这句话，但实际上出口声音很小。

"哎，其实，我们只是在为我们同时代人辩护而已。因为我觉得，除了性格和环境等造成的不同，你和伊万·卡鲁金应该差不多大吧？"

"我比他大五个月。该死！我不是故意要说'他'的，伊万……"

布雷特还没说出口的话突然卡在了嗓子里。就像在小火上不断搅动酱汁，一段时间之后突然就会注意到酱汁变得黏稠。而布雷特这时突然注意到车子速度变慢了，可能是这一阵突然的减速让他意识到事态在不断恶化，已经到了危急关头。他们到了一个小村庄，说白了就是几处小木屋，给积雪覆盖的树篱增添了一些生机。车子往左转，驶上一条凹凸不平的小径，两边立着那几间木屋。

"您说，"马金迪悄悄提议，"要不要找时机逃走？我一直留意着咱们行进的路线，现在应该是直冲着斯陶尔河那边去的。"

布雷特突然感到如释重负，周身袭来一阵无力感，止不住地发起抖来，让他心中很是恼怒这样的生理反应。

"没到阿什福德的时候就往北边拐。"马金迪继续说着，"之前没看到阿什福德的标志。现在我们转弯向左。很难确定速度和时间，如果我们一直在主干道上从阿什福德穿过的话，我敢肯定，应该早就过了桑德维奇了。哎——您看，他把车灯打开了。"

布雷特也看到了。车子从树篱一个缺口处进去，前面有扇大门，看不清楚是门开着还是根本没有门，车子在大门前面不远处停了下来。左侧只有一个低矮的斜坡，右侧是一片平地，隐隐泛着白光，绵延至黑暗之中，与之融为一体。

"另一辆车也在这！"马金迪叫道，"车尾灯就在前面，不到二十米。看！有个人过来了！"

他话音未落，司机下了车，没关门。

"别动。"布雷特快速说道，"别动，也别说话。交给我。他们过来了——不过等发现韦西跑了，他们肯定要发火。"

布雷特身侧的门被人从外面打开了，一个是司机，另外那个人不是杰弗里，那应该是提姆。他们一看伊万旁边的椅子上空空如也，站在那目瞪口呆。过了一会儿，司机先反应过来，开始不断咒骂。

"他人呢？"提姆对着布雷特和马金迪厉声喝问，没有理睬旁边的伊万。

"走了。"布雷特冷冰冰地开口。

"什么时候？在哪走的？"

"不久前吧。我怎么知道在哪走的？"

几人不约而同地沉默不语。

"这些懦夫，胆子都被狗吃了！"提姆的语气就像上层政府工作人员指责人性堕落一样，透着一股寒意，让人毛骨悚然。"你怎么没看着他点？"他又责问司机。

"我眼睛又没长脑袋后面。我哪知道他要跳车?"

司机火冒三丈,他身体前倾,一把抓住伊万的胳膊,直接把他拖出了车厢,猛地一推,伊万一屁股坐在了踏板上。"你当时怎么不喊我呢,软蛋?"他说着,握紧拳头狠狠砸在伊万脸上,布雷特想阻止,但动作不够快,只来得及弹开他被绑住的双腿,顶住伊万的后背,防止他往后倒。

"行了,行了。"提姆拦着司机,说,"别浪费时间。打他有用吗?反正韦西走了也是他自己没那个发财命。走吧,大眼睛,你得去别的地方待会儿。"

他伸手钩住伊万的胳膊把他拉起来,扶着他走了,身后跟着愤愤不平的司机。

"那可是卡鲁金的后代啊!"马金迪看着这一幕,心惊胆战的。

布雷特什么也没说,只是一心往窗外看,努力想看清楚远方有没有地方可供藏身,一间破木屋,还是一丛灌木,都行。但他们现在真的在里奇伯勒吗?马金迪可能猜错了,他从头到尾除了斯陶尔河以外,没有提到别的地名,而且斯陶尔河河口沼泽占地极广,不好判断到底在哪。布雷特正想回头问马金迪话的时候,突然两辆车中间有什么东西吸引了他的视线。

有三个人朝他们这个方向走来,中间的距离因为雪反射的光线看着就比实际短一些。两个人架着一个身形娇小的人,腿无力地垂在地上,像一个不省人事的醉鬼。布雷特在想那是谁。一个名字在他的脑海中闪现。但怎么可能呢?太离谱了。他目不转睛地盯着那三个人越走越近。竟然真的是她。他发出一声惊叫,都没留意自己喊了什么。

"怎么了?"马金迪大声问他。

"斯蒂芬妮。"布雷特说。

车门又被拉开,提姆背对着他们,抬着她的肩膀,达斯特抬着她的脚。他们两个很快把她放在车上,扭头就走,一句话也没说。提姆从马金迪那边的车门下去,砰的一声关上门走了。

"马金迪先生!"她叫道,"马金迪先生!"

"唉,孩子,可怜的孩子。谢天谢地!我以为他们会伤到你。你没事吧?"

"没有,他们只是把我绑起来了。马金迪先生——"斯蒂芬妮瞬间泣不成声。

布雷特没想到自己只是冷眼看着这感人的一幕,内心毫无波动,甚至觉得有点无聊。他现在意识到自己错怪了斯蒂芬妮,马金迪是对的。但这个念头并没有让布雷特松一口气或是懊悔不安。他之前所有的焦虑和下午发生的事情都好像只是一个噩梦。他听着马金迪的声音,好像看到了一个被夕阳笼罩的鸡舍,慢慢安抚住了斯蒂芬妮。他看到达斯特上了车,也感觉到了他上车时的动静。接着引擎发动,车子慢慢右拐,开往右侧那片空地。车身开始摇晃,车上的人也被颠得东倒西歪。布雷特想,大雪不仅盖住了小道,还遮住了坑坑洼洼、高低不平的草地。他努力将自己的注意力拉回车厢内。

"都怪我。"斯蒂芬妮哭得上气不接下气,"另外那辆车上的人,是杰弗里。我们之前经常一起吃午饭。我当时不知道——我把您有珠宝收藏的事情告诉他了,还说您今天要来这边——对不起。我真的不知道……"

"你不知道很正常,不可能未卜先知呀!"马金迪不住地安慰着她,"没关系的,孩子。我们很快就能逃出去了,毫发无损的。你看,南丁格尔先生在那边——你刚才没看到他吗?你是不是还不知道他叫什么……"

"你也在!我以为他们会把你丢在那。"她惊叫,"啊,你没事吧?伤口还疼吗?"

"没事,挠痒痒似的,不疼。"

"你的声音好奇怪。"

"你的也不怎么正常。"

"我忍不住——我也不是真的要哭,但眼泪就是停不下来。"

"当然当然,我们知道的。"马金迪说,布雷特听着他的语气有点嗔怪,"你已经很了不起了。你真的没有受伤?"

"没有,真的没有,他们只是一直问我问题,威胁我——哦,就问那个箱子的事情。我假装不明白他们在说什么,所以他们也拿我没办法。他们好像很生气的样子,着急去什么地方。我不知道为什么要在这停一会儿。"

"听到了吗,警察先生?"马金迪一脸扬扬得意。

"听见了。"布雷特说,"他们互相一句话都没说过?"

"就刚才把我带过来之前说了几句。好像是有人走了……"

"我们知道。"

"哦。对了,那个打你的男人——他拿的东西长得有点像香肠。你知道吗?"

"可能是沙袋或者橡胶做的什么东西吧。"

"他一直说不想那么做,但杰弗里——"她的声音微微颤抖,"杰弗里让他往前开一点——应该就是这辆车——这样你就不会发现他们了。开车的那个人说你总会看到的,而且你也不聋,肯定能听到引擎声。杰弗里还是让他往前开了点,说小心路边的沟渠,就这些。哎,我们现在在哪儿?"她可怜兮兮地问道。

"不好说。"马金迪回答,"要是我猜测的时间和方向什么的没错的话,我们现在应该在里奇伯勒附近——哎!"

车突然停了。布雷特想,马金迪终于说出了那个地名,他身上的嫌疑能彻底解除吗?不急,还不急。如果他们真的到了里奇伯勒,警方的人在哪儿?肯特郡?外面这一片白色荒野,他们能埋伏在哪呢?还是说他们根本没藏着。布雷特想到有人可能粗心大意疏忽了,心里一紧。他觉得那帮人可能是放了假消息出去,使了一招调虎离山,等警察反应过来的时候,已经晚了。还有一种可能,威兹德姆长官在最后关头推翻了他的计划,坚持把重点放在岬角那边。或者说他们觉得那帮人肯定不会在如此恶劣的天气下会面?

这时,司机达斯特下车关上门,准备离开。布雷特看着他脚下不住打滑,但仍吃力地往前迈步,想尽快走过这一段坑坑洼洼容易跌跤的雪地。

"现在怎么办?"马金迪立刻问道,"他怎么没熄火?"

"电池没电了?不应该啊,也没开车灯,不费什么电。可能是方便跑路。他们肯定不会就这样把我们留在这。但我觉得也有可能。"

"怎么了?"斯蒂芬妮问。

"司机走了。"布雷特给她解释的时候,才发现她躺着什么都看不到,"指头能动吗?"

"不行。他们把我的手摊开了绑的,绳子正好压住了手指。"她小声吸了吸鼻子。

"这会儿不说你父亲的家用轿车不好了吧?"布雷特说。

马金迪说:"我的手指好像可以动——右手食指和大拇指可以。您想怎么做?"

"靠着座椅挪过去,试一下背对背能不能把我手上的绳子解开。如果可以的话,最好现在就抓紧时间逃。"

布雷特靠着座椅缓缓移动到马金迪身边。

"这样不行。"马金迪说,"没法完全背对背,我怕会跌倒。哎,等等——是不是你的手?"

布雷特感觉到马金迪的指尖扫过自己的左手大拇指。

"往后靠呢?"马金迪建议道,"那个角度方便……"

"等等!"布雷特突然打断马金迪的话,死死盯着窗户外面。大概百米开外,亮起了两对前灯。

"斯蒂芬妮。"他说,"你当时有看见第三辆车吗?"

"没有,但他们提到了一辆货车。"

"货车!就一辆?"

"怎么了?"马金迪满脸疑惑,"要继续吗?"

"要不我试试能不能咬开?"斯蒂芬妮提议。

"绳子太粗了,可能不好咬。"马金迪又试着慢慢拨动手指,但没什么用,"你们听到没?"

布雷特仔细听着，汽车引擎嗡嗡作响，声音不大，但除此之外，还有一个更清晰、更响亮的声音传到了他的耳朵里。

"有一条铁路线横穿过那片沼泽。"马金迪说。

布雷特摇摇头："不是火车的声音。"

"好像是飞机。从曼斯顿那边来的。我之前应该想到，天气太恶劣，飞机没法升空。我刚是不是说升空来着？听声音这架飞得很低，这不正常，可别出什么故障。"

耳边传来震耳欲聋的轰鸣声，断断续续的，听上去就像一个巨大的咖啡豆研磨机在费力工作。

"不是飞机。"斯蒂芬妮扯着嗓子大声喊道，"是直升机！"

布雷特没有理会马金迪激动的喊叫。如果肯特警方在这——如果，如果真的在这！——他们肯定已经开始往这边靠近了，不然就会跟团伙中的核心人物擦肩而过。毕竟直升机转眼就能升空，地面上的人只能静静仰望，就像《耶稣升天》那幅画一样。

"快。"他深吸一口气，"快点，快点……"

喧嚣声陡然沉寂，跟刚才的巨大轰鸣声一比，引擎的声音几乎可以忽略不计。布雷特眨眨眼，看到直升机摇摇晃晃地缓缓下落，切断了那两对车前灯的光束。它在低空盘旋了片刻，调整了一下方位，侧对着他们，旋翼仍在飞速转动，嗡嗡作响，特别像一只夏天的巨型蜻蜓，震着翅膀盘旋在池塘上空。没过多久它就落了地，车前灯也在这一瞬间灭掉了。

"坠毁了吗？"斯蒂芬妮满脸惊惶。

"没有，落地而已。"马金迪现在已经放弃尝试解开布雷特的绳子了，转而注视着窗外的情形，"也不知道体谅一下直升机，是吧？怎么能刚落地就关灯——好家伙！信号弹！"

在那几辆车的远处，一道猩红迅速划过夜空，马金迪倒抽一口气。刹那间，整片沼泽被点亮，莹白一片。炫目的光影笼罩下，几辆车子冷冰冰地如磐石一般伫立其上。一群人保持一个姿势静止了几秒，接着如滚落的豆子一般分散开来，几个人跑向车子，两个向直升机跑去。

"警察来了！"马金迪激动地大喊，欢欣鼓舞地，"谢天谢地！"

"太晚了。"布雷特喃喃道。直升机的旋翼慢慢开始转动，引擎又发出了刚才那种断断续续的轰鸣声。那两个人根本无法靠近，直升机已经一个猛拉离开了地面。

"为什么太晚了？"马金迪大声问道。

"直升机已经起飞了。"布雷特大喊着回答，"不过我们安全了。"

他看着那架直升机。探照灯的光束打在机身上，像一只无形的手紧紧攀住不愿放松。布雷特皱起眉头，发现直升机没有上升，也没有往前飞，更没有盘旋，而是在原地打转，似乎是驾驶员慌乱之下不知道如何选择。突然一个猛冲，直升机往他们这个方向靠近了一些。布雷特挪回自己的位置，然后把脸贴在窗户上往外看，全然不顾四周，一心全都扑在那架直升机上。离地面简直太近了。布雷特觉得驾驶员应该是想摆脱探照灯。但为什么不直接飞走呢？能看到登记号码了……

这时，直升机往侧边猛地倾斜就飞走了。他扫了一眼沼泽那边的情况，一辆车已经不见了，第二辆才慢吞吞地准备开走。与此同时，他注意到马金迪在他耳边大吼大叫，声音都不成调了。

"什么？"

他转过身。车厢内部由于外面的积雪反射和光线涌入很是亮堂。直升机的轰鸣声震得他耳朵都快聋了。布雷特看向惊恐不已的马金迪，不用听就知道发生了什么。一瞬间他感到头顶有什么东西来势汹汹。是直升机。它重重砸在汽车前部，直接栽进了土里。汽车尾部随着惯性高高抬起，又重重落下。车里的布雷特和马金迪从紧挨隔板的座椅这边被甩了出去，砸在了斯蒂芬妮身上。车子左右晃动，嘎吱作响，然后，一切归于平静。

布雷特面朝下在最上面,跟地面有一个支撑的角度,于是他试着屈膝,脚下使劲发力,同时弓背,成功直起了身子,当然,在车厢里也站不了特别直。他刚站好,眼泪就控制不住地往下流,还感到一股温热的液体从鼻子里涌出,应该是摔倒的时候鼻子撞到了隔板。他伸出舌头舔了一下上嘴唇,唇齿间充斥着铁锈味儿,接着晃晃脑袋清醒了一下,使劲眨眼,往窗户外面瞧。那架直升机几乎是贴着沼泽往前飞,时不时的几个飞跃也是拖泥带水,特别像老太太跳水坑,颤颤巍巍的。他现在还是泪眼蒙眬,余光似乎看到远处有篝火在闪烁。他偏头径直往那边看去,视线穿过驾驶室,这才发现火光不是从地平线上升起的,而是这辆车的散热器着火了。

他感觉自己的下巴和嘴唇好像动不了了,但他必须想办法恢复正常。他摇摇晃晃地挪动脚步转身,弯腰凑到开着的窗户上。他大声呼号,声音嘶哑得不像样子。直升机已经远去,但发出的噪声仍然能吞没其他的一切。他吐掉一口血,转过身来对着车厢里面。

"马金迪!"他喊道。

"怎么了?"马金迪声音由于恐惧显得支离破碎,声音很小,"我起不来。"

"你必须得起来。"布雷特吼道,"车子着火了,引擎……"

斯蒂芬妮发出一声哀号,打断了他的话。

"用你能动的那几个手指头够一下旁边的门闩。"他继续大声说,"打开之后倒出去然后滚远点儿。斯蒂芬妮,听着——听我说!他挪出去之后,你也马上出去,小心头。要滚远点儿。记住,要一直大声呼救。"

不用说他也知道自己现在大吼大叫的样子像着了魔一样。他一屁股坐在后座上,想晃腿去撞门,但这个姿势就算拼尽全力也踢不到。他又站了起来,看到马金迪正竭尽全力挣扎着把自己的背往那边的门上靠。火焰越蹿越高,火势凶猛。那边的警察以为这辆停在原地不动的车是一辆废弃汽车,这也很正常,何况还着了火,更像是没人管的了。布雷特努力用捆住的手去碰门闩,一边在心里想着,这辆老枢车——要是他们不快点出去,真的就成枢车了。他的脑子里突然闪过一个可怕的念头。

"油箱在哪儿?"他对着马金迪大声问道,"后面还是前面?"

"前面!"

闻言,布雷特开始用身体撞门。油箱肯定没漏,要不他们早就被炸飞了。坏掉的应该只有化油器。但过不了多久——重力供油箱的话——汽油很快就会倾泻而出,汇聚成一大摊,要是再遇上从破了的管道里喷出的火焰……

"有个阀门。"他听到了马金迪的喊声,"在驾驶座那——不然油箱可能会炸——福克斯通的时候就加满油了。"

布雷特用尽全力猛地一撞,门一下子弹开了,他自己也从车里掉了出来。"这边!"他用沙哑的嗓音向他们两人吼道。

这时,有人抓住了他。他把车门撞开了,但车门没坏。有人笨手笨脚地喘着粗气把他拖到了安全的地方。布雷特转动脖子往上看。

张了张嘴,一个名字脱口而出。

"伊万!"

他顾不上惊讶,急忙对他说:"油箱。伊万,快去把阀门关上,就在转向柱下面。"

伊万有些犹豫。

"方向盘那儿。"布雷特喊道,"或者你从我左边裤子口袋把小刀拿出来,割断绳子,快。"

伊万伸手去摸索。

"左边!"布雷特绝望地大喊。

伊万找到了那把刀,动作慢吞吞得让人着急,终于把布雷特胳膊上的绳子割断了。布雷特感觉胳膊又僵又麻,试着活动手臂,使劲摇了摇,伊万正在锯他脚踝上的绳子。感觉脚踝上的压力不再,他分开双脚,用力扯掉剩下的几节绳子,立刻爬起来,有气无力地绕过汽车往前跑。

伊万在后面跟着他。

"你别跟着我。"布雷特喊道,"他们两个,你去把他们拉出来,拖得远一点。一个都不能少。然后把绳子解开。快,我这边完事了就去帮你。"

伊万拉开了马金迪那边的车门,布雷特打开了驾驶员那边的。引擎盖已经支离破碎了,上面燃烧着熊熊大火,而汽油已经聚积成了一小汪。即使在车里,布雷特都能感觉到火焰滚烫的热度。他弯下腰去摸索那个阀门。在下面,驾驶员膝盖右边一点,他曾在一辆年代特别久远的车里看到过这样一个阀门。探照灯照不到下面的部分,但他还是摸黑找到了,把它拧紧关掉。如果这个办法有用,如果整个供油系统没被压扁,应该就能截断汽油流,将火势控制在那一汪汽油范围内,不再蔓延。他直起腰,看到钥匙还在车上插着,虽然不知道有没有用,但还是顺手拧钥匙熄了火。

布雷特跳出驾驶室,没站稳跟跄了一下。他感觉膝盖止不住地在颤抖,小腿也在抽痛,特别像流感发作刚刚恢复的状态。鼻子还在流血,他用手背胡乱一抹,提姆看了一下马金迪那边的情况。金迪那边下车,砰地一声关上门走了。斯蒂芬妮已经转移出去了,伊万正抓着马金迪的肩膀把他往外拖,这么大的运动量让他都快喘不上气了。

"好了。"布雷特说,"我来。"

他伸腿跨过马金迪,接替伊万抓着他的肩膀,使劲抬起来,从后面把马金迪拖出了车厢。

"好小子!"马金迪嘴里一直念叨着,声音抑制不住地颤抖,"好小子,要是刚才你还没出来的时候油箱就裂了——这车太老了,金属部件肯定没那么——我都不敢想……"

布雷特把他抬起来,伊万好割开绳子。"还好吗?"他问道。

"没事,谢谢,挺好的。胳膊腿都没事,就是有点呼吸不上来。没事,我站得住,放心。1915年那会儿更惊险的我都挺过来了。去看看科尔小姐怎么样了。"

伊万已经把她的绳子解开了,她直接跳了起来,生龙活虎的,好像绑在她身上的不是绳子,而是蜘蛛网,一点儿都不痛。但她在哭。

"马金迪先生。"她不住地抽泣,扑向马金迪,抓着他的手,说,"您心爱的古董车毁了!怎么办啊!"

"孩子,不哭,没事。"马金迪努力让自己镇定下来,即使声音还在颤抖,"你知道的,我可不是一穷二白的老头子。这老伙计是给我们取暖呢。不过,也不用担心,火势不会蔓延了。南丁格尔先生搞定的。没事了,孩子,都过去了,我们安全了。"

布雷特转头看伊万,只见他正快步离开,几乎小跑起来了。

"伊万!"布雷特喊他,"伊万,等一下。"

伊万转身,停住步子。布雷特跑向他,踩到雪滑了一下,向前扑去,摔倒的瞬间抓住伊万的胳膊才堪堪稳住身形。

"我的刀还得请你还给我。"他说着,伸出手。

伊万盯着他。最后点点头,似乎表示他很清楚为什么布雷特要把刀子要回去,然后不情不愿地把刀放在了他的手上。刀刃还露在外面。

"谢谢你。"布雷特说,"谢谢,真的很感谢。"他低头看着身材矮小的伊万,犹豫不决。最后他还是继续说道:"对不起。我说的那些话——我知道你在听,但我只是想告诉你我看到的这一切,虽然大部分都是我的推测。很抱歉。"

伊万突然开口说了句话,声音很轻,语速也很快,但布雷特一个字也没听懂。过了几秒他才反应过来伊万说的是俄语。这让他回答什么?布雷特在自己的脑子里过了一遍仅有的几个俄语词。Tsar[①],niet[②]……没一个能用的。他保持了沉默。

[①] 意为"沙皇"。
[②] 意为"不"。

沼泽也是一片沉寂,除了大火猎猎作响之外,也只能听到风吹过灌木的沙沙声。直升机已经远去,汽车还停在这里。突然,一声呼喊刺穿了这一片宁静。

伊万吓了一跳,布雷特刚刚差点滑倒,这才发现自己一直靠在他身上。

"别。"他看伊万好像要走,连忙拦住他,"你能跑到哪去?回去找提姆他们吗?没用的。至于排水沟那边,你肯定不会让自己栽第二次。听我说,你要在头脑清晰的情况下,做一个更为艰难的选择。你本来可以走,但你回来了,冒着被抓的风险———一定要明确表示——回来救三个陌生人。所以,别逃。就按我说的做,做好它,完成它,然后证明给马金迪看,你比你们家其他人都强;也证明给那些警察看,你是唯一一个出于恻隐之心留下来的人。别跑了,去见他们。"

他低头注视着伊万的脸,远处马金迪突然发出一声颤抖的尖叫。

"警察快来了。"布雷特说,"马上就来了。别等着他们来找你,伊万,你得主动去找他们。快,现在就去,告诉他们,证明给他们看啊——拜托了。"

伊万没有看他,直接往前走了两步,三步,停在那不走了。对面有人向他跑过来,很多人。

布雷特很想催他继续往前走,但他知道自己不能那么做。他现在有心无力,最终还是放弃了。这时他脑子里突然蹦出了一串俄语词。虽然很蠢,很不合时宜,跟现在的情况八竿子打不着,而且还是一个歌剧的名字,很短。他在里面饰演那个职业小丑。

"Lyubov k Trem Apelsinam!"(三个橘子的爱情)他说。

伊万转过身。"橘子?《三个橘子的爱情》?"他的声音在微微发颤,带着纯正的伦敦口音。伊万摇了摇头,布雷特发觉他的神情带着无奈和同情,然后就听到他说:"有时候你说的话让我觉得你有点傻。"

他回身继续往前走,迎着朝这边来的警察走去。

"学生?"警司突然打断贝多斯问道。

"是的,长官。"贝多斯面无表情,挺直脊背,回答道,"应该是文法学校的学生。"

"哦,知道了。继续说。"

"好的,长官。到查令十字站之前,一切正常,过了查令十字站大概三公里的地方,马金迪珠宝店的旅行车开进一家酒馆前院,后面一直跟着凯利特唱片店那辆蓝色货车。马金迪的人有一个下车之后去了院子一侧的卫生间,蓝色货车上的两个人就都下了车,进了旅行车驾驶室,开着就走了,车速很快。那时我们想着两辆车肯定是同一伙人，但有意思的是，两辆车既然都装着贵重物品，那应该弃掉一辆才对。"贝多斯飞快扫了一眼布雷特，"于是我们叫了离得最近的警员开车去追，但因为要保持高速，所以很快就暴露了。那辆旅行车开始在路上横冲直撞。我们用无线电联系了肯特郡警局，请他们派巡逻队去拦截。巡逻车迎头开过来，那辆车怕撞上，猛地转弯，最后翻倒在路边。不过里面的人没有生命危险，只是有些碰伤，受了些惊吓。抓捕之后，之前从货车上下来的那个人主动交代，说他们是要往里奇伯勒去的，也证实确实有一架直升机六点半会在那边降落，还交代了确切地点。他们得到命令要跟着那辆旅行车，说里面似乎装着一件贵重物品，他们要找机会劫车，然后把东西送到里奇伯勒。我们得到消息以后就立刻跟肯特郡警方取得了联系……"

"他们想着贝多斯一直追那辆货车，结果没什么收获，肯定很郁闷，"警司笑着插嘴，"所以为了让他重新振作精神就带他一起去了。不用担心，在你们那边得到准许才让他去的。"警司想到什么又笑了起来："正好，我们这边的督察对那片沼泽了如指掌，他是当地人。我们的计划就是让他和另一个督察埋伏在离降落地点最近的排水沟里，那块周围密密麻麻都是排水沟，然后等着直升机降落，发射信号弹，冲上去拦下直升机，其他人呈包围圈逼近。而且，知道确切地点之后，我们可以占据更有利的位置,这对行动来说可是一大有力支持。我们还在路上设了关卡拦截那些漏网之鱼。在这接到贝多斯警长之后,局长提议,既然多亏了他才得到确切降落点,就问他愿不愿意代替我们这边的警长——你也知道,表示友好嘛,再加上圣诞节什么的。更何况从这到查令十字站时间也很充足,所以这事很快就定下来了。"

"什么事?"布雷特问。

"哎,就是他也跟着我们跑去拦直升机啊。所以他就去了。实际行动的时候出了一些意外状况。路上有积雪,跑不了太快,对吧,警长?"

"是的,长官。"

"驾驶员那会儿还在座位上坐着呢,可以很快重新起飞。升空的时候我们的人才将将爬上去。飞行员叫海耶斯,那小伙子拒捕。扭打中督察被打晕过去了。这下可好了,当初选他的原因就是万一有意外情况,他能代替飞行员。他是当地飞行俱乐部的会员。"

"贝多斯!"布雷特心里涌上一阵无力感,"你怎么威胁那个飞行员的?"

"长官,我没威胁他。"贝多斯神态谦和,嗓音温润,"我别无选择,只能让他丧失行动能力了。"

"哦?"

"是这样,长官,刚开始我踢了他一脚,他倒在地上以后还不肯投降,所以我骑他身上打。下巴和鼻子上打了几拳,没打太狠。然后,我坐在控制台前面,试着操作了几下……"

"你这几下操作我可是亲身体验了一把。"

"长官,真是不好意思,我不是故意撞上那辆车的。最后费了九牛二虎之力才让直升机落了地。"

"总之,今天的表现可圈可点。"警司说,"起落架已经完全撞变形了,不过也不需要那东西。直升机那一撞把督察震醒了,就起来关上了旋翼和引擎——什么事?"

门口有个人穿着警察制服,伸着脑袋和半个肩膀,说:"长官,那女孩的父亲刚刚到了。"

"好,我马上过去。"警司转头对布雷特说,"不好意思,我得去安抚一下她父亲的情绪,他肯定担心坏了。那女孩看着人挺好。"

"是的,她人很不错。"布雷特附和道。

警司走出了房间,关上门。

"天哪!"贝多斯低声抱怨一句,坐在桌子边缘,"人还不错。性格很好的金发美女哭哭啼啼扑进怀里。我就纳闷了,我怎么从来没遇上这种行动呢!用不着,用不着——派贝多斯警长沿着多佛路追一车圣诞节布丁就行了,这就够他忙的了,是吗?"

"贝多斯,真的很抱歉。那辆旅行车,我跟那帮人想得一样,只不过我指望能发现那些珠宝,而他们以为能劫到马金迪的圣诞礼物,而且我确实不记得你提过其他建议。你当时也很惊讶吧?"

"惊讶!那你是没看见啊。不光是布丁,还有馅饼、香肠、水果、火鸡、雪茄什么的,全都骨碌碌滚到路上来了,招待一个营的人都没问题。当时翻车的时候门弹开了,那会儿沟里简直就是奖品大放送,随便挑随便捡。肯定便宜了那些街头流浪汉了。往这边来的时候,他们告诉我马金迪办的圣诞节和新年派对在这个区都是鼎鼎有名的,尤其是在纳金顿村。"

"纳金顿?"

"算得上这一片区域的交通枢纽了。很显然,派对结束,他那些客人回家的时候,对高速交通规则有自己的一套独特见解。这我完全可以相信。哦,对了,我还想着掰开一块布丁看看里面有没有钻石。"

"那你还不满意?你开着直升机砸过来的时候,我都觉得我像普罗米修斯了,这还不够吗?是吧,下着雪,在山巅上,还有一只俯冲而下的老鹰……"

"告诉你啊,我可没觉得自己是万鸟之王。我深爱着陆地!哎——"贝多斯吞吞吐吐地,"我能抽根烟吗?"

"开什么玩笑?想抽就抽呗。"布雷特一脸惊讶,"还用问吗?"他看着贝多斯拿出一根烟和火柴,纳闷他怎么用了这么久还没点上火。小小的火焰像一只摇蚊,在烟头周围翩翩起舞。布雷特终于发现,贝多斯的手在颤。

"你知道事情结束之后上面会怎么奖励你吗?"他若有所思地问道。

"一枚小奖章呗,再给张支票。"

"升职。"布雷特说。

"可别!那不得成天规矩长规矩短的。"

"是啊,然后每天长官、长官地叫我的就该是别人了。怎么想怎么别扭!"

贝多斯吐出一口烟,说:"那个飞行员,凯斯顿·海耶斯,美国人吗?"

"不是,口音是假的。他的真名叫莫里斯·怀特。英国人,所以他跑不掉。你没说到他另外一个情况。忘了?还是压根儿不知道?"

"什么情况?"

"他以前是古兹曼的私人助理。"

"是吗?这倒有意思。不过要引着古兹曼自己犯错误,有点难……"

"试试也无妨。汉普斯特德那群人——现在知道他们大部分人的身份,感觉有点奇怪。"

"要我说,确实奇怪。算不上正经帮派,那老头子肯定也这么觉得。"

"谁？哦，你是说马金迪。你知道他叫信号灯什么吗？信号弹。"

"这叫法确实是很老了。"

"那也是光荣的老叫法。任谁经历过壕沟战，都有权利抱着一个珠宝盒子平安终老。况且那个时候，他那辆车也曾插着国旗，陪他一路走过来，你看现在，他的精气神好着呢。贝多斯，我们都小看人家了。"

"这倒是提醒我了——你知不知道那些东西，哦，不好意思，就是那些赃物，常规的出境方式不是通过直升机运送。"

"不是吗？"

"开货车那个人告诉我的。对了，你是不是已经派人回市区处理凯利特唱片店的事情了？行，我就问问。是这样，直升机是保底计划，这样在定时炸弹威胁到他们的时候，可以尽快送走那些东西。估计这个'定时炸弹'指的是卡鲁金夫人。之前的惯例都是更为保险谨慎的方式。"

"要是按惯例来，没准儿还真能让他们得逞。"布雷特说，"改用直升机也不是因为没听韦西的建议。"

"我知道他溜了。Sauve qui peut[①]。邋遢伊万就没有这样的生存哲学——不对，他身上现在围绕着一层英雄光

[①] 法语，意为"为保命而跑"。

环呢，再这么叫他不太好。好奇怪！他可是波雅尔①的后代，对吧？好吧，也不能这么说，主要是我觉得他们大部分都是乌合之众。不过伊万是怎么摸到你们那辆车那边去的？还能从那帮人和我们的眼皮子底下溜过去了。"

"你忘了他总是容易被人忽略吗？也总是被人小看。再说了，他怎么来的也没什么可解释的。哎，你这个烟圈是特意弄出来的，还是凑巧了？"

"是碰巧。伊万被关进去之后你还没见过他是吗？"贝多斯慢悠悠地问道。

布雷特摇摇头。

"哦。他们问他为什么回来。他说那辆车上有他的朋友。"

"但今天他才跟我们第一次见啊！不是吧！"布雷特惊得从椅子上跳了起来，"别告诉我又要怀疑马金迪了吧？"

"唉，简直了，别折磨我了！"贝多斯说，"有时候我都在想——"他没有再往下说，只是夸张地叹了口气，摇了摇头。

"怎么了？"布雷特问，"哎，他那话到底什么意思？"

"那不重要，反正他也不是特别聪明的人。而且你也

---

① 沙俄一个贵族的阶层，地位仅次于王公，此阶层后被彼得大帝废除。

知道那老头子——马金迪先生，他的嫌疑是彻底解除了，对吧？总之，不用担心。更重要的是，"贝多斯说着，看着布雷特的眼眸中盛满了狡黠，"要问出来他为什么下定决心自首。毕竟，谋杀指控可不是小事。"

"应该不会判谋杀，大概率是过失杀人。"

贝多斯吹了个口哨，带着点颤音，然后说，"得要一个好律师。"

"肯定的。"

门开了个缝，又是刚才那个人，伸着脑袋和半个肩膀。

"长官，您打往伦敦的电话。在这儿接吗？"

"嗯。"布雷特说，"谢谢，麻烦帮我接进来。"

"啊。"贝多斯从桌子上滑下来，说，"我可是有机会去看看那位哭包美女了！"掐灭自己抽了一半的烟，一脸笑容，脚步轻快地出了门。

布雷特拿起电话。"喂。"他说，"克里斯蒂娜？"

"嗯，亲爱的，怎么了？"

口气竟然这么随意，这么冷淡！不过他想，现在确实不算太晚。她肯定没有在等他。

"没什么事。"他说，"我在坎特伯雷。"

"天哪！你还记得上次我们去的时候，热得受不了。女孩们的脸蛋都红彤彤的，出了好多汗，大教堂里面女孩子们背着包,脸蛋都红彤彤的,出了好多汗,纷纷在整理发型。亲爱的,那你明天是不是赶不回来?"

"记得,当然记得。明天怎么了?"

"布雷特!明天圣诞节啊!"

"啊!糟了!"

"怎么了?"

"哦,没事,没事。"他急忙解释,"我刚在想别的事情。"他刚才想到了那枚胸针。"康塔塔怎么样?今天早上我不想吵醒你,所以就先走了。"

"啊,还行。就是他们的女低音跟母牛似的。不过,他可能也不知道……"

"克里斯蒂娜。"他打断了她的话,"你也知道那句老话,'He that toucheth pitch①'——"

"她的音高没问题,就是下滑音唱得很难听,而且对乐句重音的处理也很糟糕。"

布雷特叹了口气,转而说:"克里斯蒂娜,嫁给一个整天跟人渣打交道而且疑心病很重的侦探,你会不会觉得很失望?"

"怎么这么问?布雷特——你没事吧?"

"没事,好着呢。"他语气变得有些不耐烦,"不然我

---

① 古英语,意为"近墨者黑"。其中"pitch"一词在这里是"沥青"的意思,下文则为"音高",一词多义。

怎么给你打电话？就一个简单的问题。你能给我一个简单的答案吗？"

"能，当然能。啊，亲爱的，壶里的水溢出来了，我听见声音了，得去看一下。你尽快回家——我告诉你答案。"

"克里斯蒂娜……"

"Zu neuen Thaten, theurer Helde①！再见！"

话筒传来咔嗒一声，电话已经被挂断，布雷特放下话筒，静静站了一会儿，满心欢喜地期待着克里斯蒂娜的答案，没有想过她的答案也可能写在纸上告诉他。之后他走出房间，在走廊几米外遇到了警司。

"啊，你在这。"警司说，"我正要去看你走了没有。是这样，马金迪先生有东西埋在去帕丁格那条路边上的树篱后面，我们很乐意派人去取，但科尔小姐说不清楚到底埋在哪儿了。你知道的，是她藏起来的。反正她也要去帕丁格，所以我们决定让她去找。这话我就跟你说说，我觉得她还有事情没告诉我们，但她好像是故意为之。不过，随她吧。她今天也够坎坷的。你说呢？"

"确实。那您找我有什么事吗？"

"马金迪先生觉得你应该也想一起去。不想去就不

---

① 此句意为"亲爱的英雄，去开创崭新功业"，是理查德·瓦格纳的歌剧《诸神的黄昏》中的台词。这部歌剧是他的第四部，也是最后一部以尼伯龙根的指环为题的歌剧。

去，要是想去的话……"

"我们怎么去？能带上贝多斯吗？"

"可以，当然可以。"警司很是爽快，"科尔先生开了车来，还有我的车，几个人用绰绰有余。我也去。你要愿意我可以直接送你俩去福克斯通，就不用再回来这边了。火车更方便一些。"

"谢谢您，我随时能走。"

"好，我去开车。啊——科尔小姐。"

走廊旁边一间屋子的门被打开，斯蒂芬妮站在门口。

"你也进去看看。"警司对布雷特说，"她父亲在里面，还有你那位警长也在。"说完不等布雷特进去，就离开了。

"你去哪了？"斯蒂芬妮说着，把门拉上，走廊只有他们两个人，"从松绑之后就没看到你了。在忙什么呢？你看着累坏了。"

"确实很累。你不累吗？"

"不累。这种感觉很奇怪，有点像刚拔了颗牙的感觉。现在想想，今天的事太可怕了！"

"不要想了，这种事在一个遵纪守法的公民身上一般不会发生第二次的。现在经历过了，以后就不会了。"

"唉，不止这件事本身，虽然本身也够糟糕的，但我的表现更糟糕。我觉得自己好蠢。自己想象这种事情——"

或者想象类似的事情发生的时候，都会把自己塑造成一个特别冷静、特别镇定的形象，甚至会把自己塑造成那个拯救别人的英雄。但真的发生的时候，我只会哭。"

"大家都是这样的，斯蒂芬妮。"

"你就没哭。"

"当然。像贝多斯，他是那种在危机面前脱颖而出的人。他当时上了那架直升机，在不太清楚怎么开的情况下，还能让它平安落地。"

"是吗？"斯蒂芬妮不以为然，"对了，你看过装货箱里放的东西了吗？他们在另一个房间卸货呢。刚刚出去的那位警察，他真是个好心人，还允许我去看。你也要去看看啊。马金迪先生都快激动疯了。"她突然停顿了一下，笑了起来，"在这都能听到他的声音。'小伙子们，千万要小心啊。那个小雕像——佳士得去年出的款式——几乎一模一样——这个是什么——那个是什么——布斯特利[①]的作品，你知道吧'。"

"你模仿他惟妙惟肖。"

"是啊，每天都能听到他说话。哦，突然想起来，你还记得我跟你说的胸针的事吗？我当时还想，你不是伊曼纽尔先生的朋友，也不是马金迪先生的朋友，他怎么会给你打折呢？很奇怪。所以我问了一下……"

[①] 洛可可设计塑形大师，擅长瓷偶创作的瓷塑大师，在1745年加入宁芬堡瓷器工坊。

"什么？"

"我很谨慎的。"她神态庄重，"真的很对不起，是我误导你了，价格是十五英镑。真的。毕竟，十五和五十真的很容易听错，而且还不是别人直接告诉我的，我只是恰好听了一耳朵。怎么了？"

"没事。"布雷特说，"没事，没事。"

"我本来想写信跟你说的。"她说。说完面上有些忧郁："现在好了，不知道写什么了。"

"这对你来说应该是信手拈来吧？带我进去见见你父亲吧。"

"好，应该的。"她叹了口气，"你嘴里那个有名的贝多斯警长也在屋里，你知道的吧？他已经介绍过自己了。"

"你不喜欢他这个人吗？"

她正扶着门，听到这话转身，露出了一个再灿烂不过的笑容，说："没你那么喜欢。"

"简而言之，"马金迪低声说着话，因为在雪地里的艰难跋涉，有些微微喘气，"你以为我跟他们是一伙的。没事，没事，不用道歉。有这个猜测很正常。哎，现在我真的要感谢你的观察力了，夫人自己都没发现找我交易是一件多么讽刺的事情。天呐？你还以为我，那个词怎么说来着？对，出卖了自己的同伙，隐瞒我去过布莱特路的事实，然后昧下了那批珠宝，让他们一无所获。但我必须得为自己辩解一句，先生，我既没有买下那些珠宝，也没有从夫人那偷。我之前本打算纠正你的，刚准备开口，你应该还记得吧，然后就是人仰马翻的一阵子——真是倒霉！这雪下的也不是时候，误人正事不说，还这么危险。能把你的胳膊借我扶一下吗？——啊，谢谢！不是，先生，箱子里的东西是夫人赠予我的。确切地说，是她让我从那批珠宝里面选一件最喜欢的。我承认，我犹豫了。我的意思是说，万一我挑了那条绿宝石项链呢？她也舍得割爱吗？我本来不费吹灰之力就能有一笔意外之财，但是，年轻人，等你到我这个年龄，你肯定会明白我的想法——这是钱的问题吗？不，是那件让收藏家趋之若鹜的作品吸引了我的注意。哦，其他很多也是很完美的收藏品，但这一件，可以说是鹤立鸡群——就像你之前所说的，'那批珠宝里面最闪耀的那一个物件儿'，恰如其分。所以我没有犹豫。"

马金迪顿了一下接着说："其他人都走远了，我们快走两步？真是得天独厚的一个女孩子，你看，精力充沛的，走得真快！"

两人加快脚步。

"公爵夫人为什么会有那样的提议？"布雷特问，"要表示……"

"小费。"马金迪面上带着毫不掩饰的欣赏,"也算是佣金,只不过数目可观。确切地说,应该是给我这个商人的圣诞节礼物,受雇于她的报酬。哦,我当时可没有什么不切实际的想法,我应该说,现在也没有,我的身份摆在这嘛。我没有拒绝,就接受了。而你那天晚上来的时候,告诉我抢劫的消息,我觉得很遗憾。唉,其实没有,为什么要遗憾呢?我承认,当时我第一反应就是松了口气,庆幸我拿走了自己的报酬,而且它目前很安全。"

"我说那个是为了开场。"布雷特小声说道,"并不是什么新消息。而且你当时的表情很明显,一看就知道你在想什么。"

"真的吗?"马金迪听起来有点不安。

"那《平民之法》呢?"布雷特停了一下,"你是不是想查一下你对那件礼物有没有法定所有权?"

"好小子,你的眼睛真尖。是,你的猜测也没错。确实,我当时有些担心。你看,我知道伊万见过那些珠宝。这是夫人告诉我的——当然语气不怎么好——但你凭推测就能弄清楚前因后果,了不起。如果他听说我来过,甚至知道了我来的目的和经过,然后坚持说东西是他的,要把东西要回去……"

"你怎么没去找个律师问一下?"

"哎哟，先生。要是律师跟我说我没有所有权——那他不就知道那东西在我手里了……"

"哎，他们停下了。"布雷特说。

"快点，小伙子！"马金迪喊了一声，突然一把拉着布雷特就冲了出去，劲大得差点把布雷特带倒，"那律师肯定觉得谋杀案我也有份。"

"这雪……"布雷特刚开口，就没有再继续往下说了。他本想评论一下马金迪在一切尘埃落定之后表现出来的轻松样子，但他所说的很多话，很多糟糕的话，马金迪都不在意，特别宽宏大量。"让我想到了镇纸。"他最终温和地说道。

"镇纸？"马金迪走得飞快，还不忘竖起耳朵听布雷特的解释。

"就那种拿起来，摇一摇就能在里面看到暴风雪。"

"啊，想起来了。"马金迪一脸宽和，"挺好的，挺好的。科尔小姐，怎么样了？"

他们两个跟其他人会合了，科尔先生和警司正弯着腰在雪地里找。斯蒂芬妮手里举着一个手电，贝多斯举着两个。

"找到地方了吗？"布雷特问。

斯蒂芬妮拂开眼前的头发，冷冷地回答："贝多斯警长发现地上的雪有动过的痕迹。"

"要是你埋好之后又下了一场雪,再想找就很困难了。"贝多斯的口气竟然很谦虚。

"哎!"警司说,"有发现。光呢,稳一点。科尔,老兄,你往这边来点。对,就这儿——出来喽。马金迪先生,是这个吗?"

他把那个小行李箱举起来给他看。

"是的,就是这个。"马金迪带着一脸欢畅的笑容接过箱子,不拘什么礼节,"可以给我点时间吗?我得确认一下……"

马金迪一只手拖着箱子,另一只手伸进外套里衬的口袋掏出一把小钥匙,拂掉提手和钥匙孔中间塞着的一团雪,把钥匙插进去,打开箱子,里面有一个波纹绸质地的洗漱用品袋。他把这个袋子拿开,下面放着一个卵形灰色天鹅绒盒子,长大概十厘米,用一层棉花垫着。

"呼!"马金迪长长舒了一口气,把洗漱用品袋放了回去。

"哎,等等。"布雷特连忙开口,"不打开确认一下吗?"

"在这?"

"反正有我们在,安全得很。"

马金迪看着他——脸上的表情活像一只仓鼠。他麻利地点点头，没有多说，随手扔掉那个洗漱用品袋，把箱子往贝多斯怀里一塞，拿出那个灰色天鹅绒盒子，松开侧边按扣，装有合叶的盖子被掀开，里面的东西一览无余。

盒子里衬是缎面材质，轻轻包裹着一枚彩蛋，通体纯白，晶莹剔透。表面覆盖的一层星星纹饰，看着就像霜冻时节的玻璃窗，中央有钻石镶的姓名首字母，闪耀着迷人的光芒。彩蛋竖向边缘围着一圈密密排开的小钻石，镶嵌在闪亮的金属细带上，无比精美。

"我的天哪，马金迪先生！"斯蒂芬妮轻声惊叹道。

"是啊——你看它的雕刻技艺和珐琅技术，有趣得很。铂金底座——再看遍布的明亮式切割钻石，每一处都不同寻常。现在，我把它打开。"

这枚彩蛋，跟外面的盒子一样，从合页处打开成两半，合上的时候外面看不到合页的痕迹，左边的壳是中空的，白色的壳子上布满细小的星星，每一颗星星中央都镶着钻石，铂金从中央发散，形成星星尖端。右边一半有一个白色天鹅绒软垫，上面放着一枚星星胸针，璀璨夺目，像是天边最亮的那颗大角星。此时手电的光线都聚焦在上面，马金迪的手微微颤动，细碎的光洒落在周围，美不胜收。

大家都一言不发。马金迪微微点了一下头，合上那枚彩蛋，关上盒子，把贝多斯捡回来的洗漱用品袋放回原位，扣上箱子。

"原来，"布雷特轻声说道，"这就是圣诞节彩蛋。"

图书在版编目（CIP）数据

圣诞彩蛋谜案 /(英)玛丽·凯利著；李文婕译.
北京：中国青年出版社, 2024. 8. -- ISBN 978-7-5153-7420-8

Ⅰ.I561.45
中国国家版本馆CIP数据核字第2024E0E357号

著作权合同登记号：01-2021-6070
This edition published in 2018 by the British Library 96 Euston Road London NW1 2DB © The British Library Board

圣诞彩蛋谜案

作　　者：	（英）玛丽·凯利
译　　者：	李文婕
责任编辑：	彭岩　刘晓宇
出版发行：	中国青年出版社
社　　址：	北京市东城区东四十二条21号
网　　址：	www.cyp.com.cn
编辑中心：	010 - 57350407
营销中心：	010 - 57350370
经　　销：	新华书店
印　　刷：	北京中科印刷有限公司
规　　格：	889 mm×1194 mm　1/32
印　　张：	8.625
字　　数：	125千字
版　　次：	2024年8月北京第1版
印　　次：	2024年8月北京第1次印刷
定　　价：	42.00元

如有印装质量问题，请凭购书发票与质检部联系调换
联系电话：　010 - 57350337